KB268471

집으로 돌아가는 길

집으로 돌아가는 길

# 집으로 돌아가는 길

글·그림 이병연

어문학사

우리 주변에 있는 많은 이야기들 중에서 신비와 아빠와 엄마들에 대해 이야기하고 싶었습니다. 혹은 우리에게 내재해 있을지 모를 이 글의 주인공들과 이야기하고 싶었습니다. 이 가을날, 내 안으로 고요히 침잠해 들어가 가만히 전해져 오는 영혼의 소리를 듣고 싶었습니다. 그래서 추상적인 감성을 감정으로 이끌어 내어, 글과 그림으로 시각화하고 싶었습니다. 이 글을 쓰는 동안 느꼈던 감동을 독자 여러분과 함께 나누고 싶습니다.

어릴 때부터 문학과 그림에 대한 소망을 품을 수 있게 해주신 세상에서 가장 존경하고 사랑하는 부모님, 그리고 가족들에게 감사와 사랑을 전합니다. 그리고 초고를 읽어 주시고 지지와 격려를 아끼지 않으셨던 변춘자, 송미호 선생님, 이 글에 결정적인 출구를 찾아주신 이종민 님, 삽화에 많은 영감을 주었던 친구들을 기억합니다.

마지막으로 출간할 수 있도록 기회를 주시고 도움을 주셨던 출판사 대표님과 직원 분들께 깊은 감사와 사랑을 전합니다.

신비야,
아빠는 네게 안드로메다보다
더 큰 별이 되어 줄게.
하늘도 가릴 만큼 큰 별이 될게.
우리 딸, 사랑한다.
그리고 미안하단다.
네 곁에 엄마를 지켜주지 못해서…….

누군가 가슴을 도려냈어.
심장을 훔쳐간 거야.
살점이 뜯겨 나간 자리에 바람이 불어오고
폭풍우가 몰아쳤어.
너무너무 추웠어.
아빠가 헝겊 조각으로 찢긴 사이사이를 기워 주었어.
자기도 너덜너덜해진 가슴을 안고 울면서…….
더 이상 바람이 들어오지 않았어.
그래서 아늑하다고 느꼈지.
그런데 가끔씩 꿰맨 자국이 콕콕 쑤셔 왔어.
흔적은 지워지지 않나 봐.
붙여도 꿰매도 아픈 걸 보면…….

집으로 돌아가는 길

# 집으로 가는 길

아빠가 실직하던 해, 아빠의 잿빛 얼굴과 엄마의 상기된 모습은 그해 나의 일상을 모조리 앗아가 버렸다. 오래전의 일이지만, 돌아오지 않을 엄마를 기다리듯이, 내 곁에 있는 아빠를 지키듯이, 골목길에 서성이던 여덟 살 꼬마를 나는 기억한다.

집으로 가는 골목 모퉁이를 돌 때면, 나와 같은 눈빛을 한 아이의 웅크리고 선 모습이 언제나 내게서 지워질까 하고 생각한다. 상처를 기억하는 건 용기 없는 것이라고 말하는 사람들은 아픔을 모르는 사람일지도 모른다. 상처는 나를 겸손하게도, 때로는 움츠린 여덟 살 꼬마의 모습으로 퇴보하게도 한다는 것을 나는 일찌감치 알았기에 골목 모퉁이만 돌면 빈 공터에 홀로 자리한 문구점으로 들어가거나, 골목길을 따라 급히 달리기도 했다. 문구점에서 나는 기억을 잊기 위해, 다시 그림을 그리기 위해 물감의 종류를 살피고 연필을 고른다. 그리고 진열대 앞에 장식된 북 치는 소년을 만지기

도 하고, 천정에 매달린 종도 울려 본다. 애써 외면해 왔던 소녀의 얼굴을 잊기 위해, 나는 언제나 분주히 꿈 앞에서, 내가 가야 할 길 앞에서 서성이는 것이다.

꿈으로 들어가는 문은 언제나 똑같았다. 푸른 꿈속에선 산의 정상에서 흘러내려 오는 물이 골짜기를 지나 시내를 만들고, 들판을 지나 강으로 흘러간다. 숭어가 헤엄치는 시냇가 주변에 꽃들이 자라고, 그 사이를 노루와 산양이 마음껏 뛰어다녔다.

맑은 강물이 흐르는 너머로 하얗게 빛나는 언덕 위에 하얀 담으로 둘러싸인 동화 속의 마을이 보였다. 그 언덕으로 아빠와 엄마와 꼬마가 언덕 끝의 집을 향해 올라가고 있었다. 행복한 가족의 웃음이 하늘로 마음껏 퍼져 나간다. 아랫마을에서 간간히 들리는 여인들의 웃음소리가 마치 화답의 노래처럼 들려왔다. 그러나 내 꿈은 항상 이곳에서 멈췄다. 소녀의 얼굴을 잊지도 못하고, 더이상 꿈을 꾸지도 못한 채 언제나 오래된 골목길의 그 문 앞에서 서성이는 것이다.

나는 그날 문구점을 나와 오래된 다리 위로 올라갔다. 그리고 난간에 기대어 조용히 흐르는 물을 한동안 바라보았다. 물오리 떼가 동그라미를 그리며 지나가자 물속에 내 얼굴이 원을 따라 퍼져 나갔다.

그때, 물결을 따라 움직이는 내 얼굴 옆으로 다른 얼굴이 다가왔다. 누군가 내 옆에서 나를 보고 있었다. 나는 난간에서 팔을 내리고 옆을 돌아보았다.

맑은 얼굴의 노인 한 분이 나를 보고 웃고 있었다. 노인과 나는 서로 한참을 바라보았다. 이상하게 낯선 사람인데도 경계심이 들지 않는다.

“학생, 어디로 가고 있던 중인가요?”

노인의 엉뚱한 질문에 나는 잠시 혼란스러웠다. 그리고 다시 생각해 보니 정말 내가 어디로 가고 있는 중이었는지 기억이 나지 않았다. 집으로 가는 도중에, 기억을 지우기 위해, 꿈을 그리기 위해 분주했던 일상만 떠올랐다.

“글쎄요. 집으로 가야 하는데, 기억이 잘 안 나요.”

노인은 내 어깨를 잡고 다리 아래로 천천히 몸을 돌려 주었다. 그 순간, 내 눈앞으로 수천 갈래의 샛길이 펼쳐졌다. 반 친구들이 수천, 수만 개의 샛길로 흩어져 나가는 것이 보인다. 학이도 마르도 그리고 담이도.

나는 한 발짝 앞으로 걸어가 친구들의 이름을 소리쳐 불렀다.

“학이야, 어디 가? 집으로 안 가니?”

학이가 뒤를 돌아본다. 햇살이 학이의 얼굴로 쏟아졌다.

“난, 파랑새를 쫓아가. 나중에 다시 만나자.”

학이는 날아갈 듯 뛰어갔다. 나는 노란 샛길로 쓸쓸한 걸음을 옮기는 담이를 불렀다.

"담이야, 어디 가? 그곳은 위험한 길인데, 집으로 가야지."

담이가 뒤를 돌아보았다. 상실감에 가득한 담이의 모습에 갑자기 가슴이 서늘해졌다.

"내가 원하는 걸 찾아서 떠나는 거야."

꿈을 찾아 떠난다는 담이의 얼굴에 쓸쓸히 희망 없는 미소가 번진다. 담이는 슬픈 눈빛과 서글픈 미소를 띠며 내게서 돌아섰다.

언제나 꿈의 언저리에서 서성이는 나만 이 자리에서 저 두렵고도 경이로운 장면을 바라보고 있다.

얼마나 시간이 흘렀는지 나는 퍼뜩 정신을 차렸다. 노인의 모습은 보이지 않았고, 길은 이미 짙은 황혼으로 물들었다. 저 멀리 가는 빛줄기를 내는 집 한 채가 서 있었다. 집의 주인인 듯 보이는 한 노인이 등불을 들고 집 앞에 나와 있었다.

나는 그에게 묻고 싶었다. 우리가 가야 할 길이 어디인지, 당신 안에 계획된 우리들의 운명을 미리 알려 달라고 부탁하고 싶었다. 우리의 시간을 아끼고, 우리 삶의 숙제를 가볍게 해달라고 말이다. 그러나 그는 아무 말이 없었다. 얼마 후, 희미한 실루엣 너머로 그의 음성이 들려왔다. 생의 여행이 끝나는 먼 훗날, 우리는 이 집에 모여 따뜻한 시간을 보낼 수 있을 거라고. 그때는 포도주와 떡을 식탁에 가득 차려 놓고, 따뜻한 불을 쬐며, 험난했던 우리들의 모험

담을 나누고, 환희와 비애의 노래를 함께 부를 수 있다고. 그리고 지나온 우리들의 여정이 결코 우연이 아니었음을, 고된 삶의 여행 길에서 알게 된 우리들이 가야 할 집의 가치에 대해 감사할 것이라고 말이다. 그리고 마지막으로 그는 아주 차분하고 신중한 목소리로 다시 한 번 내게 물었다.

"학생, 어디로 가는 길인가요?"

나는 아까와 달리 대답할 말이 떠올랐다. 그 순간 노인의 낮은 음성이 천천히 들려왔다.

"즐거운 여행이 되렴. 신비야."

# 마지막 기억

아빠를 따라온 할머니 집은 남으로 창이 난 햇살이 가득 내리쬐는 포근하고 아늑한 곳이었다. 산마루에서 내려다보면 꼭 아기를 안고 누워 있는 여인의 옆모습 같다. 모성을 품고 있는 대지, 말하자면 큰 인물을 품어 내는 명당이란 것이다.

문간에 들어서자 귓전을 울리는 곤충들의 울음과 새들의 지저귐이 소음처럼 들렸다. 마당 한쪽의 닭장 옆에는 진돗개 경수가 귀한 유전자와 어울리지 않게 처량해 보이는 아빠와 나를 잡아먹을 듯 짖어 댔다. 개 짖는 소리, 곤충들의 울음과 아빠와 나조차도 관심 없는 닭 몇 마리가 바닥에 주둥이를 쪼아 대며 마당 한가운데를 총총 걸어 다녔다.

눈치 없이 짖어 대는 경수를 나는 눈을 흡뜨고 노려봤다.

옆 마을 경수네서 데려온 강아지를 하루 이틀 '경수네서 데려온 개', '경수네 개'라고 부르시다가 이름이 그냥 경수가 되었단다. 경수 씨가 만약 이 사실을 안다면 얼마나 개탄할까 싶다.

인내심 많은 할아버지의 호통소리가 마당을 진동시키자, 경수는 "끼이잉" 아픈 소리를 내며 슬그머니 제 집으로 기어들어간다. 그리고는 슬금슬금 곁눈질을 하며, 제 주인의 눈치를 살핀다. 예전 같지 않게 모든 것이 낯설게만 느껴졌다.

난 예전부터 할머니를 썩 좋아하진 않았다. 알레르기로 고생하시는 할머니의 유난히 깊이 패인 이마의 주름 때문일까? 아니, 어쩌면 할머니에 대한 엄마의 감정이 은연중에 내게 전이되었는지도 모르고, 언제나 넉넉하게 웃으시는 할아버지의 얼굴과 대비되어 더욱 반감이 들었는지도 모르겠다. 이유 없이 손녀딸에게 불편한 존재가 된 할머니를 보니 괜한 죄책감에 시선을 피하게 된다. 이곳에 있는 동안 할머니를 열심히 도와야겠다. 그리고 사랑해 드려야겠다.

"아빠가 데리러 올 때까지 할아버지, 할머니 말씀 잘 듣고 있어. 매일 전화할게."

내 눈을 보지도 않은 채, 짧은 말을 남기고 황급히 대문 밖을 나서는 아빠의 처진 어깨와 무거운 뒷모습을 보며 아랫입술을 아프도록 깨물었다. 십 년 전, 그러니까 내가 초등학교 1학년 올라가던 해에 엄마는 집을 나갔다. 전에도 종종 집을 비우는 일이 있었지만 공식적인 가출은 그해였다.

아빠가 집에 있는 횟수가 늘어나고, 긴 한숨 뒤로 뿌옇게 피어오르는 담배 연기가 짙어질수록, 엄마의 외출 횟수는 잦아졌고, 퇴근 시간은 늦어졌다. 시간이 지날수록 엄마의 화장대 위로 사탕처럼 달콤한 립스틱이 하나둘 늘어나고, 싱크대에는 설거지들이 무덤처럼 쌓여갔다. 아빠는 내 귀가 시간에 맞춰 일터에서 돌아와 주섬주섬 간식을 챙겨주고 다시 일터로 나가셨다. 아빠는 하루에 출퇴근을 두 번씩 한 셈이었다.

"저녁에 우유 꼭 챙겨 마셔라. 벨소리 나도 문 열어주지 말고."

"우리 딸, 사랑해."

매일매일 녹슨 양철 같은 얼굴과 어울리지 않는 명랑한 목소리로 말이다. 언제나 행복을 준비하고 기다리는 아빠의 지친 얼굴, 지금도 선명한 아빠의 얼굴이다.

언젠가는 엄마를 한 달 이상 못 봤던 기억이 난다. 엄마는 식당에서 일한다고 했다. 아빠가 새 직장을 구할 때까지 엄마가 일해야 한다며 아빠는 나를 안심시켜 주곤 했었다. 그리고 가끔씩 걸려오는 엄마의 전화에 안도의 숨을 쉴 때마다, 나는 엄마가 가여웠다. 그리고 아빠가 미워졌다.

달콤한 사탕 향내가 코끝을 간질였다. 화장대 앞의 달콤쌉싸름한 앵두 빛 그 향내였다. 그렇다. 엄마다! 나는 얼른 이불을 걷어차고 일어났다. 조심스럽게 이불 안으로 들어오던 엄마는 화들짝 놀

집으로 가는
골목 모퉁이를 돌 때면,
나와 같은 눈빛을 하고 있는
아이의 웅크리고 앉아 있는
모습이 언제나 내게서
지워질까 하고
생각합니다.

라며 잠에서 깬 나를 꼬옥 안아 주었다. 나는 그 순간 아름다운 엄마의 얼굴에서 희비와 좌절과 소망이 교차하는 것을 순간적으로 감지했다. 어린 소녀의 감각은 엄마의 얼굴에 감춰진 복잡한 감정을 예리하게 포착하여 기억하고 있었던 것이다. 그리고 지금의 나는 그 묘한 느낌을 이성적으로 추리하여 명징한 언어로 표현할 수 있을 만큼 성장했다.

떠나기 전, 내 눈빛을 피하며 허공으로 시선을 날리던 엄마를, 불안한 엄마의 눈빛을, 가늘게 떨리던 눈으로 잠자는 나를 바라보던 엄마를, 돌아서서 가냘픈 어깨를 들썩이던 엄마를 내가 어떻게 잊을 수 있을까? 엄마의 깊은 슬픔은 그렇게 새로운 삶을 준비하는 핑크빛 소망 속에 도둑고양이처럼 숨어 들어와 자신의 영역을 확장시켜 나갔다.

십 년 동안, 엄마는 나의 각막과 심장에 또렷이 각인되어 있었다. 눈을 뜨면 엄마는 언제나 사물과 함께 서 있었고, 눈을 감으면 엄마의 영상은 내 안에서 불꽃처럼 타올랐다. 나는 그렇게 밤의 환상과 낮의 현실 사이의 극명한 세계를 동시에 살아가는 법을 터득해 나가고 있었다.

시간이 갈수록 기억의 단편들을 추정하여 만든 엄마와 나의 이야기는 현실과 과거, 그리고 내 소망 사이에서 풍성해져만 갔다. 엄마는 그렇게 내 마음속 우주 안에서 자유롭게 날아다니고 있었다. 부유한 신데렐라가 되기도 하고, 야무진 백설공주가 되기도 했다. 그리고 아주 가끔씩은 인어공주가 되어 허무한 물거품처럼 사라질 때도 있었다. 그러나 시간이 흐를수록 엄마의 목소리는 점점 희미해져만 갔다.

샘물처럼 솟아나는 내 무한한 상상력도 목소리를 만들어내는 것은 불가능했다. 어느 순간부터 엄마는 소리를 줄여놓은 화면처럼 입만 뻥긋뻥긋하고 있었던 것이다. 그 때문에 때로는 화가 치밀어 오를 만큼 답답했지만, 행여나 얼마 남지 않은 몇 조각의 기억마저 사라질까 봐 나는 안타까운 기색조차 할 수 없었다. 내가 슬퍼하면 어렴풋이 기억나는 마지막 목소리마저 나를 비웃으며 도망갈까 봐 두려웠던 것이다. 그러니까 나는 언제나 소리가 사라져가는 엄마의 모습과 함께 살아가고 있었던 것이다. 엄마는 나고, 나는 엄마였다. 그 추억이 사라지면 나도 사라지는 것이다. 아빠에게는 미안하지만 말이다. 나를 두고 간 엄마지만, 이렇게 엄마를 사랑하고 있다는 것을 엄마는 알고 있었을까? 내게 생명을 주었고, 착한 아빠를 주었고, 나를 살게 한 내 마음속 우주의 근원이 되어 준 엄마를 나는 사랑했고, 그리고 지금도 사랑한다. 아무 이유도 조건도 없이 말이다.

며칠 후, 나는 어린이집에서 돌아와 평소처럼 엄마 품을 찾아 파고들었다. 그러나 이상하게 엄마의 보드라운 젖가슴에서 시린 냉기와 낯선 향기가 느껴졌다. 나는 본능적으로 몸을 빼, 엄마의 얼굴을 올려보았다. 얼음처럼 차가운 얼굴, 손을 대면 베일 것 같은 날카로운 미소에 공포심이 밀려왔다. 그리고 그 낯선 냄새에 몸이 떨렸다. 그날 이후로 나는 단 한 번도 엄마의 냄새를, 그 앵두 빛 향내를 맡지 못했다. 내가 냄새와 추위에 민감한 것이 그날 이후부터인 것은 아닐까 싶다.

할머니는 부엌에서 저녁밥을 짓고 계셨다. 작은 방을 개조하여 만든 부엌엔 김치냉장고도 있고, 최신형 냉장고도 있다. 일 년 전에 왔을 때보다 할머니 집은 훨씬 좋아졌다. 압력밥솥에서 기차가 칙칙 대는 소리가 나자, 기차 시간에 맞춰 밭에서 일하시던 할아버지가 돌아오셨다. 할아버지의 양손에 들린 바구니에는 파랗게 겁먹은 토마토들이 어리둥절한 표정으로 오밀조밀하게 모여 있었다.

"빨갛게 익기 전에 단단할 때 먹는 토마토들이 더 맛있단다."

할아버지는 막 상추를 다듬어 씻기 시작하는 할머니의 개조된 부엌 안으로 바구니를 밀어 넣었다. 그리고 주황색 애기 토마토 한 개를 주머니에서 꺼내신다.

"우리 신비 닮았다."

할아버지는 거친 손에 쥐어진 앙증맞은 토마토를 내 코앞으로 내미셨다. 그리고 수건을 어깨에 걸치고 욕실로 들어가셨다. 잠시 후 샤워기의 물을 내뿜는 소리가 울음소리처럼 들려왔다.

내 방은 할아버지와 할머니가 쓰시는 방과 미닫이문 하나로 연결되어 있었다. 잠이 오지 않는 밤이면 두 분이 도란도란 나누시는 얘기를 간간히 들을 수 있었다. 노부부의 돌아갈 수 없는 시절이 눈앞에 그림처럼 그려졌다. 물론 엄마의 모습과 함께 말이다.

마음은 비단결이지만 웃는 모습을 도통 볼 수 없는 고모는 어릴 때부터 그랬단다. 고모가 막 한 살이 됐을 때 두 분은 인제에서 양구로 이사했다. 타향에 집을 지을 당시 젊은 부부는 마땅히 맡길 곳이 없었던 갓 난 고모를 포대기에 쌓아 집터 옆, 공터에 누어 놓았단다. 어린것을 산짐승이 물어갈까 노심초사하며 할머니가 머리에 흙을 이고 오면 할아버지가 이겨서 벽에 바르고, 사이사이 고모를 살피고, 또 이고 오고, 바르고, 살피며 세 사람의 아늑한 집을 만드셨단다.

젊은 부부의 꿈과 희망으로 만들어진 집에서 부부는 아이를 안고 펑펑 울음을 터트렸을 것이다. 고향을 떠나 집이 없고, 먹을 게 없었던 젊은 부부는 그렇게 오십 평생을 함께 했다. 그런데 우린 늘 온수가 나오는 욕실에, 음식으로 가득 찬 냉장고가 있는 따뜻한 집이 있다. 그리고…… 나도 있다.

엄마는 무엇이 필요했을까? 무엇이 부족했던 걸까? 갑자기 벽에 걸린 할아버지와 할머니의 흑백사진 위로 아빠와 엄마의 영상들이 하나둘 떠올랐다. 그리고 포대기에 누워 있는 무표정한 고모의 모습 위로 내 얼굴이 겹쳐졌다. 복숭아 같은 얼굴에 천국의 평화로움이 아지랑이처럼 피어오르고 있었다. 나는 그 영상들을 잡으려고 손을 내밀었다. 그러나 허공 속에서 허우적대던 팔은 맥없이 이불 위로 떨어져 내렸다. 눈앞에 그려진 영상이 볼록렌즈로 보는 것처럼 선명하게 부풀어 오른다. 그러다가 뿌연 안개처럼 사라지더니 진하게 농축된 액체가 되어 콧등으로 흘러내린다. 입술 위로 그리움이 이슬처럼 맺혔다.

그날 밤 나는 강가에 앉아 물을 마셨다. 강가 주변에 이름 모를 꽃과 나무들이 물감의 분자들처럼 흩어져 있었고, 산양과 노루가 들판 위를 뛰어다니며 신비로운 풍경에 색채와 활기를 더해갔다. 나무에서 잘 익은 과일이 붉은 과육을 터트리며 풀 위로 떨어졌다. 바위를 타고 놀던 노루가 달려와 과즙을 핥아 먹는다. 나도 떨어진 과일을 주워 먹고 풀잎에 손을 닦았다. 어느새 돌아보니 강가 주변에 수천 명의 아이들이 젖을 빨듯 물을 마시고 있었다. 그때 등 뒤에서 온유한 그의 목소리가 들려왔다.

"신비야, 이제 갈 시간이야."

그 말은 나를 우울하게 했다.

"신비야, 널 기다리는 사람들이 있어."

그가 내 손을 잡고 어깨를 감싸주며 나를 달랬다.

“가고 싶지 않아요. 이곳에서 살고 싶어요. 당신과 헤어지기 싫어요.”

나는 울기 시작했다.

“신비야, 나 대신 널 보호해 줄 사람이 있어.”

그는 노을이 지는 하늘을 올려다보며 시간을 확인했다. 그리고 언제나 하던 것처럼 그는 나를 하늘 높이 올려서 하늘 위로 빙글빙글 돌려주었다. 까르르거리는 웃음소리 대신, 내 머리결과 흰 옷자락이 주홍빛 하늘 위로 물결을 그려가는 것을 내 침울한 시선이 쫓아갔다. 그가 나를 그의 눈높이까지 내려, 나를 바라보더니 가슴 안으로 포근히 안아준다.

“우리는 헤어지는 게 아니야. 다시 이곳으로 돌아오면 돼. 행복한 여행이 되렴.”

그가 내 등을 보드라운 손으로 도닥이며 귓가에 속삭였다. 그 순간 갑자기 뒤에서 누군가 내 몸을 끌어당겼다. 나는 어디론가 빨려들어가고 있었다. 그가 내게서 멀어지며, 안개처럼 흐려졌다.

“가고 싶지 않아요. 난 여기서 당신과 함께 영원히 살고 싶어요.”

소리 지르며 발버둥 쳤지만 아무 소용이 없었다. 멀리서 애끊는 그의 목소리가 들렸다.

“신비야, 빛을 따라가. 빛을. 이곳을 잊으면 안 돼. 너는 용감해야 돼.”

피로했다. 나는 강물 안에 몸을 담그고 헐떡이며 물을 빨아 마셨다. 얼핏 낯선 언어가 들려왔다.

"나오고 있어요. 좀 더 힘을 내요."

사람들이 나에게 물 밖으로 나오라고 소리친다.

"무서워요. 이곳을 나가기 싫어요."

나는 울부짖기 시작했다.

"으앙—"

마지막 서러운 울음이 터져 나오자 풀빛 옷을 입고 흰 수건으로 얼굴을 반쯤 가린 사람들이 눈앞에 나타났다가 사라졌다. 잠시 후, 그들의 손에 내가 들려지고 나를 내려다보는 사람들의 행복한 얼굴이 흐릿하게 보였다. 그리고 그 영상 위로 엄마의 얼굴이 떠올랐다. 나는 그날 십 년 동안 보지 못했던 엄마의 얼굴을 보았다. 엄마가 웃으며 내 앞을 지나가고 있었다.

"엄마, 나야. 신비."

엄마를 잡는 내 손에 아무것도 잡히질 않았다. 내 목소리만 허무한 메아리로 돌아왔다. 환하게 웃는 엄마는 활기차게 걸으며 군중 속으로 사라져 버렸다. 차가운 바람이 혼자 남겨진 거리에 달콤쌉싸름한 앵두 냄새를 몰고 왔다.

"신비야, 일어났니?"

산 너머 어디에선가 나를 찾는 아름다운 그의 목소리가 들리는 것 같다. 그 소리는 곧 귀청이 찢어질 듯 울려댔다. 나는 할머니의 목소리에 화들짝 잠이 깨 주위를 둘러보았다. 엄마가 앵두 냄새를 남기고 간 텅 빈 거리도 아니었고, 702호 아줌마의 도도한 구두굽 소리에 잠이 깨는 서울 우리 집도 아니었다.

“아빠 전화 왔다. 전화 받아라.”

“신비 일어났니? 방학이라고 늦잠 자면 안 돼. 우리 딸.”

“으응…… 아빠. 아빠, 언제와?”

“공사일 끝나면 바로 데리러 갈게. 그나저나 피아노를 못 배워서…….”

당분간 피아노를 배우지 못하게 된 것에 미안해하는 아빠는 연실 빨리 데리러 가겠다는 말만 반복한다. 아빠는 내가 피아노 치는 걸 좋아하셨다. 4학년 여름 즈음 피아노를 처음 배울 때였나 보다. 아빠가 학원 앞에서 나를 기다리고 있었다. 《하농》교본 연습을 끝내고 원장님과 함께 밖으로 나온 나는 분주하게 서성이며 나를 기다리는 아빠와 마주쳤다. 깜짝 놀란 아빠가 이제 막 불을 붙인 담배를 급히 바닥에 던지고, 구둣발로 뭉개더니 원장 선생님에게 허둥지둥하며 인사를 한다.

“수고가 많으십니다. 고맙습니다. 원장님.”

네모난 상자 안에 질서 있게 자리 잡은 검은색, 하얀색 건반들의 움직임만으로 아름다운 음률을 만들어내는 기술을 거의 기인의 수준으로 바라보는 아빠는 나를 기인의 경지에 오르게 해줄 원장님에게 감사함을 넘어서 경외심을 갖고 계셨다. 그러니 이 위대한 스승 앞에 담배꽁초를 버린 불손함에 자책하며 짓뭉개진 담배꽁초를 주워서는 휴지통을 수선스럽게 찾아다녔다.

마른 가죽 같은 아빠의 손에서 따스함이 전해졌다. 따가운 여름 햇살에 맞잡은 손이 부담스럽기도 했으련만, 우리는 앞뒤로 팔을 흔들고, 점점 하늘 높이 힘차게 흔들며 걸어갔다. 콧노래도 부르면서 말이다. 때때로 어깨에 힘이 들어가 근육이 살짝 아파왔지만 그런 건 중요하지 않았다. 마음이 행복했기 때문이다. 내가 피아노 치는 걸 좋아하는 아빠는 4학년 때부터 고등학교 1학년 여름인 지금까지 한 번도 피아노 교육비를 밀린 적이 없었다. 나는 피아노학원에서 늘 당당했다.

학교에 입학하고 얼마 후, 친구의 집에서 놀다가 해질녘이 되어서야, 친구 엄마의 차를 타고 집에 간 적이 있었다. 아파트가 아스팔트 위로 서서히 보일 즈음 아줌마가 아파트와 호수를 다시 한 번 되물었다.

"아줌마, 저 아파트예요. 주공이라고 써 있는 저기요. 101동 701호. 멋지죠?"

해 질 녘, 나지막한 동산을 주위에 두르고 높이 솟아 있는 우리 아파트가 내 눈에는 마치 우주 속에서 비행하는 기다란 우주선처

럼 보였다. 마치 그림책에서 보던 현란한 레이저 광선이 쏟아져 나
오는 미래의 어느 도시 같기도 했다.

　지금도 그렇지만 나는 단 한 번도 우리 집이 가난하다고 느낀 적
이 없었다. 그러나 엄마는 어땠는지, 혹은 나를 바라보는 주위의
시선이 어땠는지는 알 수 없었다. 아빠의 실직 때문에 우리가 가난
해질 것 같아서 엄마가 떠난 걸까? 그런 걸까?

# 별빛 젖은 샌드위치

뜨거운 태양이 잡아먹을 듯 혈기를 내뿜는 한낮이었다. 나는 토마토를 따기 위해 할아버지의 비닐하우스로 들어갔다. 갑자기 배즙이 달콤하게 씹히는 알싸한 쭈쭈바를 입에 물고 텔레비전을 보던 우리 집이 그리워졌다. 할아버지는 작물은 시기에 맞게 심어 놓고 관리만 잘하면 거짓 없이 잘 자라준다고 하셨다. 그리고 토마토를 마치 반듯하게 자란 제 자녀를 바라보듯 흐뭇한 시선으로 바라보셨다. 할아버지와 내가 딴 토마토들이 하우스 입구에 한가득 쌓여갔다. 이 토마토들은 하얀 바탕에 빨간색 물결무늬 상자 안에 담겨 '덕 있는 토마토'란 명찰을 달고 내 고향 서울로 떠날 것이다.

하우스의 거대한 열기 속에 가득한 풀들의 향기에 숨이 막혔다. 나는 하우스 밖으로 나가 어제는 미처 보지 못한 주변을 둘러보았다. 나뭇잎들이 바스락거리고, 이끼 밑으로 졸졸졸 흐르는 개울물을 따라 걸었다. 파릇파릇하게 살랑이며 반짝이는 나뭇잎들이 마치 하늘을 향해 끊임없이 속삭이며 노래하고 있는 것처럼 들렸다. 천사들이 입 맞추는 꽃들마다 생기가 돌고, 흰 들꽃들은 레이스로 장식한 천사들의 옷자락처럼 청순한 모습으로 펼쳐져 있었다. 풀숲 사이로 흘러가는 맑은 개울에는 은빛의 물고기들이 유연하게 헤엄치며 떠다니고, 화려한 공작새가 하늘 위로 무지갯빛을 뿌리며 날아다녔다. 들꽃들 사이에 간간이 핀 진홍색 작약들이 살랑이는 바람에 수줍게 흩날렸다.

　아름다운 계절이었다. 자연은 정열적으로 불타올랐다. 그들은 마치 목이 마른 듯 했다. 더 아름답고 싶어 목이 타는 듯했다. 그들은 그토록 아름다움에 갈증하며, 하늘을 향해 끊임없이 생성되었다. 소멸도 불사하며 말이다. 나는 마치 자연의 일부가 되는 것 같았다. 꽃이 되기도 하고, 풀잎이 되기도 하고, 물이 되기도 했다. 실체 없이 떠도는 구름 같기도 하고, 안개 같기도 했다. 아빠가 있는 울진까지 갈 수 있다면 나는 어떤 모습이든 좋았다. 그렇게 구름을 뚫고 햇살이 시작되는 그곳, 자연이 애타게 구애하는 그곳까지 날고 싶었다. 그래야 숨을 쉴 수 있을 것 같았기에…….

　나는 할아버지의 집과 비닐하우스가 시야에서 멀어질 때까지 꿈길처럼 꽃길을 따라 걸었다. 아빠의 고개 숙인 뒷모습이 사라지던 마을 입구까지, 토마토를 실은 트럭이 꽁무니를 빼며 사라지는 길모퉁이까지 말이다. 아빠는 천사였다. 한 번도 찡그린 얼굴을 보인적이 없었다. 그냥 바보처럼, 씨익 웃고 다녔다.

아빠는 어디에서나 넉넉한 사람이라는 소리를 들었다. 샌드위치나 떡볶이를 만들면 언제나 경비 아저씨 것까지 챙겨 놓았고, 처량한 얼굴을 하고 귀가하는 702호 오빠를 불러 세워 샌드위치를 전해 주곤 했다. 그러나 음식 안에는 언제나 '우리 신비 잘 부탁합니다'라는 무언의 부탁, 혹은 압력이 숨어 있었다.

학교 소풍날이 되면, 오후에 출근하는 아빠는 전날 밤 준비해놓은 재료를 식탁 가득 펼쳐 놓고, 정성스럽게 김밥을 말았다. 김밥 꽁무니는 아빠의 도시락 통에 따로 담고, 선생님과 나를 위한 김밥은 흠집 하나 없는 것만 골라 참기름을 발라 반짝반짝 윤이 나게 싸 주곤 했다. 내게 먹일 때도 꽁무니는 주지 않았다. 또 언제나 아빠는 주유할 때 받는 티슈를 사용하면서 내게는 천연 펄프로 만든 티슈만을 사용하게 했다.

아빠는 내게 가장 예쁜 부위, 가장 맛있는 부위, 가장 좋은 것만을 허락했다. 그건 나에 대한 아빠의 유일한 강요이기도 했다. 이렇게 아빠 삶의 중심에는 언제나 나, '신비'가 있었다. 바쁜 아빠가 주위 사람들까지 챙기는 살뜰함을 보이는 이유도 궁극적으로는 나 때문이었다. 행여나 엄마의 손길을 받지 못하는 가여운 아이로 비치지 않을까 염려하며, 늘 엄마의 역할까지 세심하게 수행했던 것이다. 아빠는 할 수 있는 최선을 다해 나를 공주님으로 키우고 있었다.

어느 가을밤, 베란다에 꾸며 놓은 작은 테이블에서 아빠가 만든 샌드위치를 먹고 있을 때였다. 별빛이 우리의 소박한 식탁 위로 한없이 쏟아지던 그날, 아빠는 내게 수수께끼 하나를 냈다.

"신비야, 신비는 그리운 게 뭐야?"

막 초등학교에 입학한 나는 그리운 것이 뭔지 생각했다. '그리운 거? 학교에 가면 늘 보고 싶은 내 곰돌이 인형? 아님, 가끔 아파트 복도에 꼬리치고 나와 노는 옆집 강아지?

나는 아빠에게 반문했다.

"근데 아빠, 그리운 게 무슨 뜻이야?"

아빠가 샌드위치를 한입 베어 아주 맛있게 먹는다. 그리고 물 한 모금을 마신 후, 의자에 깊숙이 앉아 하늘을 본다.

"그립다는 건 사랑한다는 거랑 똑같은 감정이야. 우리 신비가 크면 그때는 이해할 수 있을 거야."

그때, 여덟 살 꼬마의 눈에 비친 아빠의 모습은 이상하게 슬퍼보였다. 별들이 선명하게 빛을 내던 밤하늘을 아빠는 엷은 미소를 지으며 잔잔한 눈빛으로 바라보고 있었다.

"신비야, 그리운 사람이 있을 때는 아빠처럼 하면 돼."

아빠는 별빛이 잔잔히 흐르는 눈을 감는다.

"눈을 감아 봐."

눈을 감은 아빠는 하늘을 향해 얼굴을 들고, 가을 공기를 깊이 들이마셨다.

"그리고 귀를 막는 거야."

아빠는 별빛에 하얗게 빛나는 손으로 귀를 막는다.

"그리운 사람은 가슴으로 보면 돼. 가슴에 새겨진 사람은 영원히 지워지지 않거든. 그러면 신비는 언제나 그 사람과 함께 있는 거야."

나는 아빠의 말이 어렴풋이 이해되었다. 그때 나는 아빠에게 말하고 싶었다. 이미 그렇게 하고 있다고. 밤마다 나를 찾아오는 친구가 이미 가르쳐줬다고 말이다. 울지 말고, 가슴으로 보라고. 가슴에서 하는 얘기를 들으라고. 가슴으로 느끼면 된다고 말이다.

그날 아빠는 그렇게 오랫동안 눈을 감고 하늘을 바라보았다. 그리고 여덟 살 꼬마는 그런 아빠를 본다. 꼬마는 젖은 샌드위치를 우물거리며 씹었다. 그리고 별빛에 젖은 눈으로 아빠를 바라본다. 아빠를 바라보며 훌쩍이는 꼬마는 눈에서 왜 물이 흐르는지, 콧물이 왜 나는지도 모른다. 그저 정말로 가슴이 아파서, 가슴이 시키는 대로 할 뿐이었다. 그런데 별빛에 젖은 샌드위치를 만들 줄 아는 아빠가 지금은 내 곁에 없다. 자고 일어나니 꿈처럼, 물거품처럼 사라져 버렸다.

마을 입구에는 굵은 느티나무 한 그루가 서 있었다. 넓은 그늘을 드리운 느티나무에서는 그의 나이만큼이나 오래된 이야기들을 품고, 모든 것을 받아들이는 자만이 누리는 평화로움이 느껴졌다.

아빠와 나는 밤하늘을 바라봅니다.
보랏빛 하늘 위에 보석처럼 박혀 있는
무수한 별들이 사랑에 대해
기억하라고 말합니다.
그리고 지나온 시절을 위로하며
눈물처럼, 눈꽃처럼 우리 위로
한없이 떨어져 내립니다.

잠잠히 깊어져 가는 평화 속에서 비밀을 간직하며 침묵하는 고목의 수많은 가지들 위로 어린잎들이 하늘을 향해 무수히 자라나고 있었다.

시골 마을의 평범했던 나무는 소멸과 부활을 반복하며 평안이 흐르는 아름다운 고목이 되어 가고 있었다. 그런 고목이 지키는 마을 입구부터 할아버지의 집까지는 오직 외길뿐이다. 빚지고 도망 온 사람이 빚쟁이를 만나면 달아날 곳도 없겠다 싶다. 원수가 외나무다리에서 만난 꼴이 되니 말이다. 나도 더 이상 갈 곳이 없다.

집에 돌아와 보니 마루 한구석에 비닐봉투로 쌓인 접시가 보였다. 안에 든 내용물은 정성스레 포개진 샌드위치였다. 나는 그 순간 아빠가 다녀가셨나 했다. 뒤꼍 외양간에서 소 먹이를 챙겨주고 나오시던 할머니가 나를 보시며 "어제 할아버지가 따온 단단한 토마토를 썰어 넣었다. 물렁한 건 빵이 젖어 못 쓴다더라." 하신다.

내게 샌드위치를 먹이려고 어제 할아버지는 광주리 한가득 푸르딩딩한 토마토를 따셨나 보다. 그래서 마을에 들어오기 전 아빠는 읍내 빵집에 들렸었나 보다. 투박하지만 소박하게 생긴 샌드위치는 덜 익은 토마토를 제외하고는 맛있었다. 할머니가 만들어 주신 샌드위치에서 아빠 냄새가 났다.

# 산타할아버지

"걔가 다녀간다우."

"누구?"

"신비 애미요. 그래도 제 자식이라고."

"……."

흠칫 놀라 굳어 버린 할아버지의 모습이 보였다.

루비콘 강을 거슬러 올라갈 만큼 고민과 번뇌의 세월이 함축된 그 짧은 순간, 그 침묵의 순간에 할아버지의 머릿속에는 아마도 많은 생각이 스쳤을 것이다.

'얘가 집으로 돌아오려고 하나?'

'신비를 데려간다는 건 아니겠지?'

그 영원 같은 한순간이 지나자 할아버지의 나지막한 음성이 들려왔다.

"호세…… 전화 왔었어?"

“시골로 내려갔다는 소식 듣고 그래도 어미라고…… 궁금하긴
한가 보죠, 뭐.”

“언제 온대?”

“이번 주 토요일에 읍내 와서 전화한답디다. 읍내까지 오토바이
로 태워다 줘야겠어요.”

토요일. 토요일이었다. 언제나 아빠가 막연히 얘기하던 내년이
아니었다. 바로 토요일 오후인 것이다. 콩닥콩닥, 토닥토닥 가슴이
두근거렸다. 진작 내려올 걸 그랬나보다. 첫날 아침부터 안마당에
서 까치가 서성이더니만, 그 깜찍한 것이 기쁜 소식을 들고 온 것
이다. 눈이 저절로 감기더니 저절로 떠지는 상쾌한 아침이었다. 삐
거덕삐거덕 나무 마루의 경쾌한 움직임 위로 할머니의 걸레 훔치
는 소리가 들려오고, 삽으로 소 엉덩이를 철퍼덕 때리는 소리와 함
께 삽질하는 소리가 일정한 간격으로 들려왔다. 흥겨운 노래 소리
처럼.

그날도 앞마당에선 곤충들이 풀숲 사이를 날며 노래를 부르고
있었다. 구름까지 날고 싶은 벌레들은 오늘도 날아오르는 연습을
하며 높이 비행하는 꿈을 꿀 것이다.

아빠가 공사 현장에서 현장 감독으로 일하고 있을 때 엄마는 인
부들 점심을 해주는 일을 했었다. 부부가 같은 직장에서 일하는 셈
이었다. 병설유치원 차가 밥집 앞에 서면, 엄마는 앞치마를 두르고

바쁘게 뛰어나왔다. 물에 젖어 털퍼덕 거리는 고무장화를 신고 말이다. 병설 유치원 기사 아저씨는 엄마가 일하는 밥집 아저씨의 친구였다. 가끔 나를 내려주며 밥집에 들려 아저씨와 잠깐씩 이야기를 나누곤 했었다. 운전하기 전에 항상 눈을 감고 기도하던 아저씨는 개구리같이 떠들어 대는 우리를 짐짓 엄격한 얼굴을 해 보이며 차분한 분위기로 만들기도 했고, 큰 엉덩이를 좌우로 흔들어 대고 잔뜩 팽창한 올챙이배를 툭툭 쳐가며 개그맨처럼 우리를 웃기기도 했다. 지금 생각해 보면 언젠가부터 착한 아저씨의 눈빛이 따스하게 나를 주시했던 것 같다.

성탄절 무렵, 하얗게 눈이 내리는 날이면 산타할아버지 같은 착한 그 기사 아저씨가 떠올랐다. 그날은, 하늘 문이 열린 것처럼 눈이 무서울 정도로 쏟아지던 날이었다. 앞마당에선 눈사람처럼 눈에 덮인 기사 아저씨가 머리를 흔들고 눈을 털어가며 바퀴에 체인을 감고 계셨다. 곧이어 차의 앞머리가 악어 입처럼 벌어지더니 아저씨는 악어 이에 낀 찌꺼기를 주워먹는 악어새처럼 뚱뚱한 몸을 커다란 입안에 들이밀며 이것저것 확인했다. 그러는 바람에 우리는 늦은 귀가를 해야 했다. 아니나 다를까 밥집 앞에는 아무도 나와 있지 않았다.

조심스레 문을 열고 들어간 밥집 안은 평소와는 다른 하얀 냉기가 어렸다. 이불속에서 전설의 고향을 보는 순간처럼 팽팽한 긴장

들판 한가운데 맑은
강물이 흘렀고, 강가 주변으로
나무가 자라고 꽃들이
피어 있었습니다.
우리는 꽃과 나무, 노루와
하나가 되어 영원히 행복할
것만 같았습니다.

감에 숨이 멎을 것 같았다. 아빠가 밥집 아저씨를 노려보고 서 있었다. 꼿꼿하고 당당했지만 곧 바위 위로 하얗게 부서질 파도처럼 출렁거리고 있었다. 아빠의 맞은편에는 탁자를 사이에 두고 고개를 떨군 아저씨와 엄마가 서 있었다. 그 순간 그 장면에 어울리는 노래가 내 머릿속에서 맴돌았다.

'우리 집에 왜 왔니, 왜 왔니, 왜왔니. 꽃 찾으러 왔단다, 왔단다, 왔단다.'

아빠 편에 한 명만 더 있으면 짝이 맞는 놀이였다. 그날 밤 아빠는 처음으로 술을 아주 많이 드시고 오셨다. 뭔가 깨지는 소리가 들렸다. 비명 소리와 울부짖는 소리가 뒤엉켰다. 난 울 수도, 이불 속에서 나올 수도 없었다. 나는 다행이 곧 잠이 들었고, 푸른 초원을 뛰어다니는 꿈을 꾸었다. 끝도 없이 펼쳐진 들판 한가운데 맑은 강물이 흘렀고, 강가 주변으로 나무가 자라고, 꽃들이 피어 있었다. 그 사이를 헤치며 노루와 산양이 뛰어 놀고, 하늘에는 작은 새들이 날아 다녔다. 꽃들 속에서 보랏빛으로 물드는 하늘을 가리키며 행복하게 웃고 있는 아빠와 딸의 모습이 얼핏 보이는 것 같았다.

# 친숙하지만 낯선 그녀

피자집 유리문 안에 초조하게 앉아 있는 여자가 보였다. 유리문을 열고 들어서자 초조한 기색의 여자는 벌떡 일어서더니 황급히 다가와 내 양손을 덥썩 잡았다. 십 년 만에 보는 엄마였다. 내 눈동자와 가슴속에 들어 있던 엄마가 마술처럼 눈앞에 등장한 것이다. 내 안에 있던 엄마는 친숙했지만, 내 앞에 있는 엄마는 낯설었다. 그렇게 친숙하지만 낯선 엄마가, 보드랍지만 차가운 손으로 내 손을 잡고 나를 테이블로 데리고 갔다.

내 앞에는 오랜만에 보는 알록달록한 피자가 있었고, 곧 분홍색 빨대가 꽂힌 콜라도 나왔다. 앞에 앉은 상기된 여인은 엉덩이를 들썩이며, 피자를 가르고 있었다. 누가 보면 "저 아줌마, 피자 꽤 좋아하나 보네." 할 정도로 말이다. 아이처럼 흥분한 엄마는 그 순간 피자 한 조각을 탁자 위에 떨어뜨리고 말았다. 가여운 엄마는 얼굴을 붉힌 채 당황해서 어쩔 줄 몰라 했다. 나는 얼굴이 장밋빛으로 물든 엄마의 얼굴을 바라보며 생각했다.

'엄마가 늘 내 옆에 있었다면 이런 실수에 저렇게 당황했을까?'

나는 고개를 돌려버렸다. 눈물이 고인 처량한 얼굴을 들키기 싫어서였다. 엄마는 몇 번의 헛기침 끝에 큰 조각 하나를 내 접시 위에 올려주었다. 몇 번의 연습 끝에 반듯하게 잘린 피자 조각이 나를 빤히 올려다보았다. '너, 나를 먹을 수 있겠니? 하는 것처럼.

어색한 침묵의 시간이 이어졌다. 나와 엄마 사이에는 폭포 같은 물줄기가 긴장한 파도처럼 흐르고 있었다. 나는 엄마를 보기 위해 고개를 들었다. 내 눈은 엄마의 코와 눈 사이를 맴돌았다. 엄마의 가느다란 목에 노란 목걸이가 반짝였다.

"보고 싶었어…… 신비야. 엄마…… 기억나니?"

가래가 끼인 듯 탁하고 가느다란 목소리로 엄마가 물었다. 엄마는 그 순간에 얼마나 많은 눈물을 삼켰을까?

"……잘 안 나는데…… 그래도 사진이 있어서……."

엄마의 얼굴에 칠흑 같은 절망감의 그늘이 드리웠다.

"그래, 안 날 거야. 그럴 거야."

너무 보고 싶었노라고, 왜 이제야 왔느냐는 어리광이 내 입안에서 뱅글뱅글 맴돌았다.

"미안해…… 아빠도, 너도 볼 낯이 없어서 올 수가 없었어……."

아니라고. 내가 엄마를 찾지 않아서 오히려 미안하다고, 내가 말썽을 피워서 엄마가 집을 나간 거라면 이제부터 정말 잘하겠다고, 아빠가 그날 엄마를 때려서 그런 거라면 내가 아빠를 혼내주겠다는 서글픈 고백이, 그리움을 먹듯 샌드위치를 씹어대던 일곱 살 꼬마의 입안에서 우물대고 있었다. 십 년 동안 가슴속에 묻혀 있던 단어들이 퍼즐 조각처럼 흩어져 나왔다. 그리고 해체된 조각들이 눈 앞에 그려진 일곱 살 소녀의 영상 속에 제자리를 찾고 문장을 이루며 엄마를 바라본다.

'누군가 가슴을 도려냈어. 심장을 훔쳐간 거야. 살점이 뜯겨 나간 자리에 바람이 불어오고 폭풍우가 몰아쳤어. 너무너무 추웠어. 아빠가 헝겊 조각으로 찢긴 사이사이를 기워 주었어. 자기도 너덜너덜해진 가슴을 안고 울면서……. 더 이상 바람이 들어오지 않았어. 그래서 아늑하다고 느꼈지. 그런데 가끔씩 꿰맨 자국이 콕콕 쑤셔왔어. 흔적은 지워지지 않나 봐. 붙여도 꿰매도 아픈 걸 보면…….'

제대로 맞춰진 퍼즐이 엄마의 눈에 보였을까? 귀에 들렸을까? 그리고 엄마는 알고 있을까? 사랑한다면 가슴 속에 숨어 있는 얘기를 말하지 않아도 느낄 수 있다는 것을. 눈을 감고 귀를 막아도 알 수 있다는 것을 말이다. 엄마의 손이 반짝이는 목걸이를 만지작댔다. 아빠와 이혼한 후 하나님을 찾았단다. 아빠와 나를 두고 간 죄책감에 매일같이 울면서 기도를 했더란다. 매정한 어미를 용서해달라고 통곡하며 울었단다. 엄마는 실체 없는 절대자를 찾았다. 보이지 않고 들리지 않아도 누군가가 위로해주고 있다는 것을 우리 둘은 알고 있었던 거다. 내가 그리움에 떨고 있던 시간에 엄마는 두려움에 떨고 있었던 거다.

'우린 괜찮아, 엄마. 두려워하지 마세요. 용기를 내. 다시는…… 다시는 슬퍼하지 마.'

내 속 마음을 읽은 듯이 엄마가 대답했다.

"용서를 구할 용기가 이제야 났어."

엄마가 처음으로 내 눈을 바라보며 말했다. 절망감으로 그늘졌던 엄마에게 유리문을 통해 빛이 스며 들어왔다. 황금 줄이 한 가닥 한 가닥 엄마의 머릿결을 비춰오고, 어깨 위에 내려앉는다. 빛들이 모여 들며 엄마를 감싸 안는 것이다.

"엄마…… 예뻐진 것 같아요. 바보 또…… 아니, 밥집 아저씨가 잘해주나 봐."

세월이 거꾸로 흐른 듯 엄마는 사진보다 더 고와 보였다.

"……아빠가 말해주시든?"

"아니, 그냥 그런 것 같았어……."

엄마가 집을 나간 이듬해, 할머니가 우리 집에 왔었다. 할머니는 문이란 문은 다 열어놓고 볼멘소리를 쏟아내며 청소를 하셨다. 문을 여닫는 소리, 먼지 터는 소리, 세탁기 돌아가는 소리들이 할머니의 한숨과 함께 뒤섞인다. 그 불안한 소리들은 내 심장 뛰는 소리와 함께 뒤엉켰다. 청소를 끝낸 할머니가 소파에 깊숙이 앉으셨다. 얼마나 시간이 흘렀는지 할머니의 탄식 같은 한숨이 다시 흘러나온다. 그리고 고모와 통화하는 소리가 이어졌다. 애 엄마가 가끔 들른다는데 거짓말 갔다는 둥, 독한 년이라는 둥, 애 보러 온다고 약속해놓고는 안 왔다는 둥, 아마도 일요일이라 그놈이랑 극장 구경을 갔을 거라는 둥…… 컴퓨터를 하면서 짐짓 무심한 척하던 나의 신경은 할머니가 선택한 단어와 문장 하나하나에, 들숨과 날숨의 높이에, 내용에 따라 달라지는 억양에 먹이를 찾는 야생 곤충의 촉수처럼 날카롭게 곤두섰다.

'혹시 영화 구경을 함께 간 그 아저씨 이름이 바보똥갠 아니겠지?'

그날 이후로 내겐 엄마의 아저씨가 바보똥개가 되었다.

피자집 옆으로 엄마의 작고 예쁜 차가 주차되어 있었다. 깨끗이 세수를 하고 외출을 나온 빨간 차가 햇살아래 빛을 내며 반짝였다. 옆 좌석에 타라는 엄마의 말에 나는 아무 대답도 못하고 고개를 숙인 채 손가락을 만지작댔다. 그리고 뒷문 손잡이를 힘없이 잡았다. 그 순간 내 얼굴과 내 손으로 당황한 엄마의 시선이 따라왔다. 나는 문을 열고 그 안으로 미끄러져 들어가 웅크리고 앉았다. 시동이 켜지고, 출발을 기다리는 내내 나는 발끝만을 보았다. 그리고 차가 출발하자, 그제야 고개를 들려는 내 눈에 앞 좌석 밑에 깔린 형겊 인형이 들어 왔다. 나는 한 손으로 좌석 등받이를 잡고, 한쪽 몸을 기울여서 헝겊 인형을 빼냈다. '휴우, 살았다' 하는 소리가 들리는 것 같다. 나는 인형 몸에 묻어 있는 먼지를 털어내고, 인형의 배를 톡톡 치며 눌린 솜을 부풀려 옆자리에 놓았다. 인형 주인의 눈에 쉽게 띄어, 다시 가지고 놀 수 있도록 말이다. 옆자리에는 엄마의 속죄양들이 한 무더기 모여 있었다.

얼핏 봐도 고가로 보이는 옷들이었다. 뒷 거울로 나를 보던 엄마가 옷들 사이에 용돈 봉투가 있다고 하신다. 자존심 강한 아빠가 허락하지 않아서 그동안 챙겨주지 못했다며, 그날 사제가 된 내게 엄마는 속죄를 구하는 것이었다. 그 제물로 엄마는 미망인의 베일을 벗고 처녀의 겉옷을 입고 싶었나 보다.

나는 그때 용기를 냈어야 했다. 미안해하지 말라고 말했어야 했다. 그러니 나를 그런 눈빛으로 바라보지 말라고. 가장 두려워했고, 차마 볼 수 없는 그 불안한 시선으로 나를 보지 말라고 말이다.

할아버지 집까지 가는 이십여 분의 시간이 두 시간처럼 느껴졌다. 그 어색한 시간들을 킴스헤어샵이며, 천냥하우스며, 김밥천국이며, 지나가는 간판들을 보며 이겨내려고 노력했다. 그런데 어색한 행복과 불편한 감정이 미묘하게 흐르는 이 시간이 그래도 영원했으면 하는 생각이 얼핏 스친다. 그래서 읍내를 빠져나와 시골길을 달리는 차가 빨리 멈추지 않기를, 그리고 우리가 함께 살던 집으

엄마를 등에 지고 돌아서던
그 순간, 엄마의 눈물이
장미꽃이 되어
내게로 흩날립니다.
저는 그때 알았습니다.
눈물도 핏물처럼 진할 수
있다는 것을요…….

로 돌아갔으면 하고 바랐다. 지금 감긴 눈이 떠지면 아파트 화단 앞에 서 있는 엄마가 꽃처럼 웃으며 나를 안아주기를 하고 바랐다. 내 시야로 지나가는 풍경들이 무심히 스치고, 뒷 거울로 엄마의 눈길이 계속해서 들어오고 있다는 사실을 의식할 때 즈음, 낮은 돌담 뒤로 높이 솟은 교회의 첨탑이 보였다. 첨탑 위로 펼쳐진 맑은 하늘에 촘촘히 숨은 별들이 희미하게 보였다. 아빠의 말대로라면 신들이 사는 별들의 마을에서 내게로 따스한 빛을 보내주고 있는 것이다. 포근한 미소를 짓고 다정하게 손을 흔들면서 말이다. 그리고 이따금씩 저녁 노을을 준비하는 분주한 손등 아래로 어젯밤 아껴 놓았던 밤이슬이 떨어져 내리기도 했다. 꽃잎처럼, 눈물처럼 말이다.

느티나무 이파리가 반짝이는 마을 입구로 들어선 빨간 차의 뒷 꽁무니로 사람들의 호기심에 찬 시선이 따라왔다. 다소 긴장한 엄마는 원두막처럼 세워진 쉼터 앞으로 차를 세웠다. 여기서 내려 걸어가라고 하셨다. 내가 집까지 들어가는 것만 보고 엄마는 다시 서울로 간단다.

엄마가 행복해 보여 기분이 좋았다고, 한결 온유해진 것 같아 안심이 된다고 왜 말하지 못했을까. 후회가 됐다. 그런데 가슴 한편에서는 우리와 함께 있을 때는 왜 이런 모습을 보여주지 않았을까 하는 의구심이 올라왔다. 그리고 갑자기 우울해지는 것이다. 나는 전날에 본 꽃길을 따라 걸었다. 안타까이 나를 보고 있을 엄마의 시선이 등에 박혀 정말 아프게 느껴졌다. 눈물이 많던 엄마는 또 울고 있을 것이다. 지금 보면 언제 또 보나 하실 거다.

"미안해, 미안해……."

엄마의 울먹이는 소리가 꽃길을 따라 흐른다.

# 할아버지의 고향

한낮의 더위는 여전하지만 아침저녁으로는 서늘한 초가을 바람이 분다. 여름방학이 지나면 집에 갈 줄 알았던 나의 꿈은 산산이 무너졌고, 설마 하던 양구에서의 1학년 2학기가 시작되었다. 하루가 다르게 논밭의 색깔과 풍경이 달라지더니 그야말로 풍요로운 빛깔의 황금 물결이 우리 마을을 에워쌌다.

가을이 시작되는 마을에는 바람의 리듬에 따라 벼들이 춤을 췄고, 바람의 음률에 맞춰 악기를 연주했으며, 하늘 색깔에 따라 옷을 갈아입었다. 가을 들녘에는 천사들이 내려와 살고 있었다. 여름내 한껏 콧대를 세우고 지칠 줄 모르는 매력을 품어대던 정열적인 꽃들이 생명을 다해가고, 여기저기 소박하게 피기 시작하는 코스모스가 수줍은 가을을 흔들어댔다. 시간이 갈수록 마을풍경이 새롭게 다가왔고, 아주 아름답게 느껴졌다.

뜻밖에도 할아버지, 할머니의 고된 삶이 이방인인 내게는 미술

책에서 보았던 수백 년 된 거장들의 명작만큼 감동적으로 다가왔다. 한국전쟁으로 고향을 잃은 사람들은 꿈에도 그리운 귀향을 그리며 이곳에 정착해 뿌리를 내리고 살아가게 되었다고 할아버지는 말씀해 주셨다. 피비린내 나는 전쟁과 이별의 아픔을 안고, 고향을 그리며 살아가는 노인들의 얘기들이 마을과 고장의 역사가 되었고, 그 세월의 흔적은 가을로 넘어가는 계절의 풍경과 조화를 이뤄가며 스산해지는 가을날의 깊은 감동을 만들어내고 있었다.

"우린 고향 가긴 다 글렀어."

어느새 머리가 새고, 허리가 굽은 농부들은 막걸리를 앞에 두고 신세를 노래한다. 노년의 농부들은 막걸리를 마시며, 청춘을 삼키고, 3.8선 너머의 고향을 들이켰다. 그리고 잠시 그 설움을 잊는다. 그날은 무뚝뚝한 할머니의 얼굴에 유난히 화색이 돌았다. 아빠가 오신댔다. 경수의 목에 단단히 감긴 쇠사슬에 안심하며 도도히 앞마당을 활보하던 붉은 왕관의 암탉의 목이 비틀어졌다. 그리고 우아한 깃털들이 푸르른 하늘로 날리더니 이내 끓는 솥 가마 속으로 들어갔다. 새벽에 울어야 할 암탉이 시도 때도 없이 울어대면 곧 잡혀 먹힐 증거라는 할아버지의 엄숙한 선고에 따라 시간 개념이 없던 도도한 푼수는 그 유명을 달리해야 했다.

나는 어린 날 일찌감치 '포기'와 '체념'이라는 것을 알았고, 그것을 터득했다. 어쩔 수 없이 철이 들어버린 것이다. 내게 생명과도 바꿀 수 없을 만큼 소중한 것이, 남에게도 동등한 힘 혹은 그 이상의 영향력을 가지고 위력을 발휘할 수 있다는 것을 어린 나는 알아버리고 만 것이다. 아빠와 둘이 소꿉놀이 같은 생활을 한 지 십 년 만에 아빠는 처음으로 나와 떨어져 있을 수도 있다는 암시를 주었다.

'그럴 순 없어'

온몸으로 거부감이 불길한 먹구름처럼 몰려 왔다.

"아빠 직장 구했어? 지방으로 가야 돼? 할머니 집에 가 있으라고?"

대답 없는 아빠는 나무껍질 같은 손으로 내 뺨을 쓰다듬었다.

"우리 예쁜 딸……."

나는 알고 있었다. 아빠가 하는 일이 지방 출장이 잦은 일이라는 것을 말이다. 엄마가 집을 나간 후, 아빠는 지방 출장을 전혀 안 가셨다. 현장감독에서 잡역부가 된 것이다.

그날은 소나기가 쏟아질 것 같이 아침부터 끈적끈적했다. 나는 마을 입구의 느티나무에 기대 얼굴을 무릎에 얹고 앉아 있었다. 그러다가 팔로 무릎을 감싸 안았다. 나는 나뭇가지 하나를 들어 바닥을 긁어 나갔다. 모래들이 나뭇가지가 지나간 선을 따라 지워지며 글자를 만들어 간다. 바닥에는 나도 모르게 긁적인 단어 '엄마'라는 글씨가 선명하게 새겨져 있었다.

그때, 투박한 엔진 소리가 도로 위에서부터 들려왔다. 고개를 들어 보니 아빠 차가 언덕 너머 아스팔트 위로 서서히 보이기 시작하는 것이다. 나를 발견한 낡은 차는 전속력을 다해 순식간에 달려와 내 앞에 멈춰 섰다. 순간적인 과속에 지친 고물차가 숨이 차서 헉헉댔다. 나는 벌떡 일어나 아빠에게로 뛰어갔다.

“아빠!! 아빠!!”

두 달여 만에 보는 아빠의 가슴으로 아기 새처럼 날아갔다. 아빠에게 뛰어가 안기는 순간, 글자는 흐릿한 흔적을 남기고 흩어졌다.

“아아아…… 아빠…… 흠흠 우리 아빠 냄새.”

아빠의 옷은 땀에 젖어 있었다. 이 더위에도 불구하고 운전하는 동안 에어컨을 틀지 않은 것이다. 늘 땀에 젖어 사는 아빠의 냄새가 싫을 만도 하련만 난 왜 이리도 아빠가 좋은지 모르겠다. 이런 날 보고 아빠는 시집은 어떻게 갈 거냐며 걱정이 태산이다. 아빠는 윗마을에 장이 섰다며 장터 구경을 가자고 한다. 나는 환호성을 지르며 아빠의 팔에 매달렸다. 아파트 앞에 장이 설 때마다 아빠와 손을 잡고 장을 보던 추억이 너무나도 그리웠었다. 햇빛에 그을린 중년의 카우보이 한 쌍이 야바위를 하는 곳을 시작으로 장터는 시작되었다. 카우보이는 귀신 같은 손놀림으로 구경하는 사람들을 홀리고, 그런 남편이 자랑스러운 카우걸은 어깨를 으쓱이고 호객 행위를 한다.

장터 한가운데 커다랗게 쳐 놓은 천막에서는 각설이 부부의 공연이 한창이었다. 꾸역꾸역 몰려든 인파 한가운데서 각설이 부부의 본격적인 작업이 시작되었다. 긴 탁자 위에 물구나무를 선 발목 마네킹들이 현란한 스타킹을 신고 미인 대회의 행렬처럼 들어섰다. 그리고 평생 신어도 구멍이 안 난다는 이 물건을, 어디선가 나타난 두 명의 거인이 스타킹으로 줄다리기를 하며 그 우수성을 증명하고 있었다. 두 거인의 실랑이가 오가더니 우스꽝스러운 여장을 한 맞은편의 남자가 뒤로 발랑 자빠진다. 자빠진 그는 하얀 타이즈를 입은 울퉁불퉁한 다리 근육과 커다란 엉덩이를 드러내 놓고 흔들어 대기 시작했다. 노인들은 빠진 앞니를 손으로 가리지도 못하고, 허리를 꺾어 가며 배꼽이 빠지게 웃는다.

행복한 바이러스가 반짝반짝 빛을 내며 우리들 주변을 맴돌았다. 어린아이가 된 인파는 혼을 빼놓는 무대에 허리의 통증과 관절의 고통을 잠시 잊는다. 그리고 서커스 구경을 고대하던 돌아가지 못할 고향의 향수에 젖는 것이다. 각설이 부부는 집에 두고 온 아이들 때문에 저리도 열심히 사나 보다. 아니 어쩌면 병든 노모의 병원비 때문인지도 모르겠다. 아직까지 한낮의 햇살이 뜨거운 초가을인데, 저리도 열심인 각설이부부는 언제나 피곤한 몸을 누이는 집으로 돌아갈 수 있을까? 그들은 산꼭대기에 장밋빛 노을이 걸릴 무렵 그제야 하루를 접고, 천막을 걷으며 귀향을 서두를 것이다.

각설이 부부는 노모가
기다리는 고향 집을 그립니다.
들녘에 서 있는 할아버지는
가지 못할 북녘의 고향을
바라봅니다. 우리 모두는
오늘 하루도 본향을
꿈꾸며 살아갑니다.

주머니에서 꼬깃꼬깃해진 천 원짜리 몇 장을 꺼내 놓은 내 손에 양말 몇 켤레가 쥐어졌다. 이 양말을 신으신 할머니의 주름진 이마가 활짝 펴졌으면 좋겠다. 각설이부부의 공연장 옆에는 책 할인판매점이 있었다. 아무래도 서점의 자리를 잘못 잡은 듯하다. 이 이동식 서점에는 영어 교재부터 최신 베스트셀러까지 무조건 이천 원이란다. 나는 책 고르는 재미에 빠져들었다. 아동문학부터 노벨 문학상 수상작까지, 또 농민 월간지에서 최신 유행 잡지까지 이곳에서 볼 수 있다는 사실이 신기했다.

할아버지, 할머니를 위한 잡지까지 고르고 있다가 아빠를 찾아 돌아보니 노점 한 귀퉁이에서 싱긋이 웃으며 나를 기다리고 서 있었다. 자줏빛 실로 수놓은 스카프와 파란 운동화 끈이 비죽이 나온 검은 봉지를 들고서 말이다. 한쪽 손에는 엄마가 좋아하는 색상인 빨간색 야구 모자가 들려 있었다.

# 큰무당과 마리아

"신비야, 저녁 먹고 들어가자. 할머니 수고 덜어 드리게."

"할머니가 삼계탕 해 놓으셨는데?"

"낼 아침에 먹자."

아직까지 해가 중천에 걸려 있었다. 장터구경을 끝낸 우리는, 놓친 구경은 없는지 이리저리 둘러보았다. 올챙이국수를 열심히 말고, 감자전을 지글지글 부치고, 막걸리 잔은 신나게 오고 갔다. 두부 판에서는 모락모락 아지랑이 같은 김이 올라왔다. 반듯하게 잘린 두부가 검은 봉지에 싸여 누군가의 손에 전달되고, 일부는 양념장에 곁들여 안주로 내어졌다.

포장마차에서는 닭꼬치를 굽는 아저씨의 손길이 바쁘기만 하다. 뚜껑 없는 상자에는 천 원짜리, 만 원짜리 지폐들이 물결처럼 너울댔다. 연실 돈을 주고받는 아줌마의 얼굴에 오랜만에 맛보는 기쁨이 넘쳐난다. 아빠와 함께 구경하던 분주한 시골의 작은 장터에서

서민들의 기쁨과 애환이 내 살갗으로 전해지고 있었다. 막걸리를 나누어 마신 할아버지 두 분이 일어나신다.

"올라가자고. 이제 막 시작할거야."

"오랜만에 구경거리 났네. 군수님도 오신다는데."

할아버지들은 이른 식사를 끝내고 어디론가 바쁘게 가는 듯했다. 낮에 점심으로 먹은 올챙이국수의 그 주인 아주머니가 우리에게 새로운 소식을 알려 주셨다.

"4시에 큰무당이 와서 굿한답디다. 올해 천신제를 드린다네요."

"천신제요?"

아빠의 눈에 아이 같은 호기심이 달처럼 찬다.

"신비야. 구경 가자."

꽃 봉산 정상으로 올라갈수록 꽹과리 소리가 점점 크게 들려왔다. 신명나는 한판이 벌어지고 있었다. 꽹과리를 울리고, 장구를 치는 사람들 주변에 각설이부부의 공연 때보다 몇 배나 많은 사람들이 둥글게 모여 서서 구경을 하고 있었다. 우리는 구경하기 좋은 장소를 물색했다. 아빠가 큰 나무 밑의 바위를 손가락으로 가리킨다. 아빠가 먼저 작은 바위들을 디디고 큰 바위 위로 올라가 손을 잡아 나를 올려 준다. 우리 부녀는 큰 나무가 그늘을 드리운 평평한 바위 위에 앉아, 장터에서 사 가지고 온 닭꼬치를 먹었다. 아빠가 생수 뚜껑을 열어 내게 건넨다. 닭꼬치와 생수가 이렇게 맛있다는 것을 아마 사람들은 모를 것이다. 꽹과리와 징소리가 흥겨움을 더해 가고 막걸리에 취한 노인 몇 분이 일어나서, 덩실덩실 춤을 춘다. 우리 부녀는 킥킥거리며 같이 어깨춤을 따라 췄다. 아빠가 내 빨강 야구 모자를 거꾸로 씌우며 장난을 친다.

나도 질세라 아빠의 야구 모자를 빼앗아 부채질을 했다. 모자가 흔들릴 때마다 아빠의 땀 냄새가 났다. 내 새 모자와 아빠의 헌 모자. 새것을 사자고 해도 한사코 거절하는 우리 아빠는 이렇게 성실하고 검소하며 은근히 유머도 있는 사람이다. 이런 아빠를 엄마는 왜 떠난 걸까?

갑자기 신명나는 풍악소리가 그치더니 나무 밑에 매달아 놓은 확성기에서 사회자의 목소리가 들렸다. 사회자가 오늘의 주인공인 큰무당을 소개하기 시작했다. 한껏 격양된 사회자 뒤로 한 여인이 걸어 나왔다. 사람들의 시선이 유령 같은 큰무당에게 집중되었다. 자세히 보니 큰무당은 흰색 모시옷 안에 요사스러울 정도로 화려한 색감의 옷들을 입고 있었다.

나는 까치발을 하고, 머리를 기린처럼 뺐다. 그런데 우리 반 친구들이 꽤 여럿 보였다. 학이가 맨 앞줄에서 넋을 빼고 앉아 있었고, 마르는 누군가를 이리저리 찾고 있는 듯 보였다. 풍채 좋은 큰무당은 마치 남자들과 민심을 집결시키기 위해 통치 능력을 과시하는 여왕의 눈빛으로 주위를 싸늘하게 훑어 나갔다.

“자아, 오늘 천신제를 드리니 우리 마을이 대풍년을 맞을 것입니다. 천지신명이시여, 오늘 우리의 정성을 보시고 우리 마을에 잡신들이 쫓겨 가고 큰 신들만 주관하게 하시 옵소서!”

큰무당의 인사말이 끝나기가 무섭게 다시 풍물놀이가 한바탕 벌어졌다. 그 한가운데서 하얗고 빨갛고 파란 큰무당이 징을 치며 널을 뛰듯 펄쩍펄쩍 뛰기 시작했다. 어디선가 박수무당이 시퍼렇게 날이 선 작두를 가져온다. 여기저기서 사람들의 “와아—” 하는 탄성 소리가 들려왔다.

눈이 동그래진 내 옆에서 아빠는 싱긋 웃고 있을 뿐이다. 무심함과 단순함. 아빠의 특징이다.

태연하게 웃고 있는 아빠 옆으로 꼬마 한 명이 씩씩 대며 걸어오고 있었다. 학이의 막내 동생이었다. 꼬마는 누군가를 대동한 듯이 잔뜩 폼을 잡고 있었다. 기세등등한 꼬마가 암팡스러운 걸음을 멈추더니, 큰무당을 향해 손가락을 가리키자, 뒤따라오던 사람이 구경꾼 사이로 들어섰다. 앞모습을 볼 수 없었지만 그의 몸은 떨리고 있었다.

작두 주변을 돌며 신명나는 춤판을 벌이던 큰무당이 갑자기 모든 동작을 멈춘다. 그러자 박수무당의 장구 소리도 풍물놀이 패의 연주도 그쳤다. 구경꾼들은 의아한 얼굴로 서로를 쳐다보았다. 그들은 그 분위기에 압도당하고 있었다. 그리고 그녀의 일거수일투

족을 주시하며 두려움과 설렘의 상이한 감정이 교차하는 것을 느끼며 즐기고 있었다. 구경꾼 한가운데 외로이 서 있는 큰무당 주변으로 바람이 불 때마다 모시 옷자락이 서걱대는 소리를 냈다.

큰무당이 눈을 떴다. 짙게 붙인 속눈썹 안으로 어렴풋이 보이는 그녀의 갈색 눈동자에 세미한 미동이 감지된다. 그녀가 양미간을 찌푸리더니 검은 눈썹을 치켜뜬다. 그리고 주변을 찬찬히 훑기 시작했다. 큰무당의 서늘한 눈길이 소나기처럼 지나간 자리마다 사람들은 불길한 예감에 몸을 떨며, 동시에 오랜만에 느끼는 긴장감에 들떠 있었다. 불순분자를 찾는 듯한 그녀의 눈빛에서 분노의 빛이 쏟아져 나왔다.

잠시 후, 잠잠한 하늘에 천둥치는 소리가 들려왔다.

"에이, 재수 없어. 불순분자가 왔어."

그녀는 상당히 불쾌한 얼굴로, 옷자락을 세차게 여미며 바닥에 침을 뱉는다. 그러자 사람들이 웅성거리기 시작했다. 그들의 얼굴에서 재미 있는 사건이 앞으로 일어나 주기를 바라는 기대감이 살짝 스친다.

나는 당돌한 꼬마의 모습을 눈으로 찾아 다녔다. 꼬마는 아까 서 있던 자리에서 고개를 빳빳이 치켜들고 팔짱을 낀 채 서 있었다. 꼬마의 완고한 뒷모습에 피식하고 웃음이 나왔다. 잠시 후, 꼬마가 꼿꼿한 팔을 풀고 남자의 옷자락을 잡아당기며 손가락을 이리저리 가리켰다. 그러자 어린 손가락에 지목당한 사람들이 당황하며 고개를 숙이고, 손으로 얼굴을 가리며 뒤로 돌아섰다. 큰무당은 징을 내려놓고, 먼지를 털어 내듯 양손을 치며, 다시 한 번 침을 '퉤에' 뱉는다. 그리고는 헝클어진 머리를 정리하고 옷고름을 단정하게 가다듬는다. 여전히 의기양양한 박수무당은 서슬이 퍼런 작두를 마지막으로 점검한다.

큰무당은 눈을 감고 한 손으로는 묵주를 굴리며 기도를 드렸다. 그녀의 움직이는 입술에서 간절함이 느껴졌다. 다시 큰무당의 춤판이 시작됐다. 큰무당은 박수무당의 장구소리에 맞춰 춤을 추기 시작했다. 선녀의 날개 같은 옷자락이 노을이 시작되는 하늘로 너울대며 날아오른다. 흰 모시옷이 미풍과 가을 저녁의 한기를 주홍빛 하늘에 그려 갔다. 그리고 공작새처럼 화려하게, 작은 새처럼 사뿐히 내려앉는 것이다.

그런데 내 눈에는 왜 그리도 슬퍼 보였을까? 짙은 눈썹, 원래의 얼굴을 알 수 없는 현란한 화장술에 선녀처럼 보이고 싶은 날개 같은 옷자락. 그 모습이 왜 내게 충격을 주었을까? 그 화려한 모습에 왜 내 마음이 아팠을까? 가슴에서 바람소리가 났다. 드디어 작두를 타는 시간이 왔다. 구경꾼 모두가 웅성이며 흥분하기 시작했다. 그것도 잠시, 큰무당의 움직임 하나하나에 사람들은 숨을 죽였다. 이마에 송골송골 땀방울이 맺힌 큰무당은 자기 안에 소용돌이치는 감정을 억제하며 경직된 손으로 작두 옆에 세워 놓은 대나무를 붙잡는다. 그리고 한발을 조심스레 작두에 올려놓았다.

"오오!"

숨죽이며 지켜보던 구경꾼들이 웅성대기 시작했다. 눈을 감은 큰무당의 미간에 깊은 주름이 지며, 맺힌 땀방울이 볼을 타고 떨어졌다. 큰무당 주변으로 짜릿한 전율이 흐른다. 큰무당은 크게 심호흡을 하더니, 한쪽 발까지 작두 위에 올려 놓는 데 성공했다.

"와아아—!!"

숨죽이던 탄성이 기다렸다는 듯이 여기저기서 쏟아져 나오기 시작했다. 잠시 후,

"쿠웅 짝" 하는 북소리에 정적은 깨지고, 여린 새 한 마리가 노을이 퍼지는 하늘을 향해 펄쩍 뛰어 올랐다. 아빠의 큰 손이 내 눈을 가린다.

그 순간 "꺄아악!" 하는 비명소리가 들렸다. 큰무당이 거품을 물고 쓰러진 것이다. 피에 흥건히 젖은 발은 바들바들 떨리고 있었다. 한껏 흥분했던 군중들의 실망하는 소리가 여기저기서 들렸다. 그들은 눈살을 찌푸리고 입술을 씰룩거리며 모래알처럼 흩어졌다. 흩어지는 구경꾼 한가운데서 날개를 잃고, 피에 젖어 쓰러진 여인을 돌아보는 사람은 아무도 없었다. 당황한 박수무당이 어찌할 줄을 몰라 수선을 피우고 있을 뿐이었다.

한 마리 학처럼 춤을 추는
아름다운 여인의 자태가
왜 그리도 슬퍼 보였는지요.
그녀의 서글픈 얼굴 위로
잠자는 아이를 안고 있는
마리아의 모습이
떠오릅니다.

그때, 한바탕 폭풍우가 쓸고 지나간 머리를 하고 귀 옆에 꽃을 꽂은 한 여인이 무당에게 천천히 다가갔다. 그녀의 한 손에는 화사한 들꽃 한 다발이 들려 있었다. 나는 그녀의 뒤를 일정한 간격을 두고 따라갔다. 잠시 후, 아빠가 내 뒤에 와서 섰다. 나의 호기심을 만족시키되, 내가 다치지 않도록 보호하기 위해서였다. 이것은 어릴 때부터 변하지 않는 아빠의 교육 방법이었다. 꽃을 꽂은 여인이 안쓰러운 얼굴로 큰무당의 얼굴을 어루만진다. 그리고 울먹이며 더듬더듬 말을 하는 것이다.

"아줌마, 많이 아프나?…… 아파?"

꽃을 든 여인의 눈에 눈물이 한 움큼 고였다.

"야아아, 마리아. 너 거기서 뭐해!"

뒤에서 숨이 턱 끝까지 찬 신경질적인 목소리가 들렸다. 뒤를 돌아보니 우리 반에서 가장 씩씩한 여장부 마르였다. 마르는 꽃을 꽂은 여인의 팔을 힘껏 낚아채 자기 쪽으로 거칠게 끌어냈다. 자신의 가느다란 몸뚱이 한 줌도 보호할 수 없는 축 처진 여인의 몸이 마르에게로 힘없이 끌려갔다.

"이 미친년."

마르가 불쌍한 여인의 까치집 같은 머리채를 잡아당겼다. 꽃과 한 몸인 듯한 여인의 귀에서 보라색 꽃이 흔들거린다. 한 맺힌 보라색 꽃은 살풀이를 하듯 바닥으로 떨어져 내렸다.

“너, 내가 혼자 다니지 말라고 했지? 얼마나 찾았는지 알아?”

마르는 악을 쓰고, 고함을 질러대며 마리아란 여인을 질질 끌고 산길을 내려갔다. 마르의 고함소리가 마지막 메아리가 되어 돌아올 때, 아빠의 조용한 음성이 찬찬히 들려왔다.

“네. 꽃 봉산 마루라서 헬기가 동원되어야 할 듯합니다. 빨리 좀 와 주시죠.”

내 앞에는 이름 모를 보라색 꽃 한 송이가 바닥에 짓뭉개져 있었다. 큰무당처럼 말이다.

# 하늘 아래 두 영혼

　할아버지의 솜씨를 단번에 알 수 있게 만들어진 앞마당의 평상 위에 아빠와 나란히 걸터 앉았다. 할머니가 쪄 놓은 찰옥수수를 하나씩 입에 물고 아빠와 도란도란 이야기꽃을 피웠다. 모기 한 마리가 연신 윙윙 댔지만 그다지 신경이 쓰이지는 않았다. 발등으로 턱을 받치고 하품만 하던 경수가 보초를 서던 군인처럼 벌떡 일어나 모기를 쫓아낸다.

　나도 이제 경수의 주인이 된 것이다. 할아버지집 앞마당으로 아빠의 귀향을 축하하는 별들이 하나 둘 모여들었다. 아빠가 가만가만 콧노래를 부르기 시작했다.

　"날 저무는 하늘엔 별이 삼형제, 반짝반짝 별들만 속삭입니다. 웬일인지 별 하나 보이지 않고……." 어릴 때, 별을 보면서 부르던 아빠와 나의 노래였다.

　"아빠, 별자리 찾아보자."

아빠가 서늘한 기운이 감도는 초저녁 가을 하늘을 호기심어린 눈으로 바라본다.

"음…… 가을밤엔 밝은 별을 잘 찾을 수 없어서…… 어디 보자."

내 눈도 아빠의 눈과 손이 머무는 곳을 따라다녔다.

"어! 신비야. 저기 봐. 저 큰 사각형 모양, 저게 페가수스 몸통 부분인 것 같다."

"페가수스, 그리스 신화에 나오는 날개 달린 천마?"

나는 별자리를 찾진 못했지만 페가수스 별자리가 흥미로웠다.

"맞아. 저 위에 하나 둘, 머리…… 왼쪽 별부터 아래로, 날개다. 날개."

아빠는 밤하늘의 경이로운 장면 속으로 빠져 들어갈 것 같았다.

"페가수스는 페르시우스가 괴물 메두사의 목을 자를 때 떨어진 핏방울에서 생긴 천마야."

아빠의 오른손이 페르시우스가 되어 하늘에서 내려오더니, 왼손은 페르시우스의 검이 되어 용감하게 허공을 가른다. 페르시우스의 비검이 치고 지나간 자리에 갑자기 경수의 목이 쑤욱 올라온다. 나는 깜짝 놀라 뒤로 넘어질 뻔했다. 아빠가 등을 잡아주지 않았으면 말이다.

나는 옥수수 몇 알을 뜯어 메두사의 얼굴로 내밀었다. 메두사는 순식간에 핥아먹더니, 또다시 애처로운 눈빛을 하고 나를 바라본다. 비극적 신화의 주인공이라고 하기에는 경수는 눈치가 없었다. 얼굴도 크고 말이다.

"아빠, 그리스 신화는 너무 잔인해."

"잔인하다기보다는 슬프고도 아름다운 이야기야. 들어 봐."

조금 전, 영웅 페르시우스였던 아빠의 볼에 수줍은 소년의 홍조가 물든다. 그 가을 밤 아름다운 별자리와, 신화 속 주인공들은 아빠의 소년 시절을 그렇게 영원히 붙잡아 두고 있었다.

"바다의 신 포세이돈이 메두사가 괴물로 변하기 전, 아주 아름다운 처녀였을 때 무척 사랑했었대. 그래서 죽은 메두사의 영혼이 빠져 나가지 못하도록 메두사의 피와 바다의 물거품으로 하늘을 나는 페가수스를 만들었다는 거야. 페르시우스는 바다괴물에게 제물로 바쳐진 안드로메다를 구출하고 아내로 삼았다지. 용맹스러운 전사지."

"그럼 페르시우스와 안드로메다는 행복하게 산거야? 동화처럼? 페가수스를 타고 다니면서?"

나는 무릎에 팔꿈치를 올리고 손바닥으로 턱을 받치고 아빠를 바라보았다.

"음…… 아마도 그랬겠지? 여섯 자녀나 낳았으니까."

안드로메다는 많은 별들을 품고 있는 아름다운 은하의 이름이다. 아테나는 안드로메다가 죽자, 저 북쪽 하늘 그녀의 어머니 카

시오페아와 페르시우스의 곁에 안드로메다의 자리를 만들었다고
한다.

　안드로메다는 아름답고 강인한 여성이었나 보다. 죽음을 두려워
하지 않았기에 괴물의 손에서 살아날 수 있었고, 우리가 불행한 이
야기를 상상해내지 못할 만큼, 고난을 인내하고 살아간 지혜로운
어머니였던 것이다. 그 숭고한 삶의 결과는 빛나는 별무리를 가슴
에 품고 영원히 하늘에 새겨져 우리들의 사랑스러운 동화의 주인
공으로 이렇게 회자되고 있는 것이다.

　“아빠, 페르시우스가 페가수스를 타고 하늘로 올라갔을까?”

　“글쎄, 아마도 타고 가지 않았을까? 그건 잘 모르겠네.”

　아빠가 피식 웃는다. 나도 따라 웃었다. 페가수스가 우리를 내려
다보고 있는 것 같다. 저 용맹스러운 천마가 마당으로 내려와 아빠
와 나를 태우고 서울 우리 집까지 날아가 줄 것 같았다. 삶에 바빠
잊혀진 자기를 기억해주고, 추억하는 사람들이 있다는 걸 행복해
하면서 말이다.

　하늘만 바라보고 있자니 페가수스와 카시오페아, 안드로메다 수
많은 신화의 주인공들이 내게로 와락 쏟아져 안길 것 같았다. 아빠
를 그리던 내 눈물방울처럼 떨어져 내릴 것 같았다. 할아버지의 시
름을 실은 봄날의 과수원 배꽃처럼 흩날릴 것 같다.

　가을 밤하늘이 깊어갔다.

“엄마랑 어색하진 않았어? 알아보겠든?”

아빠가 고요한 가을밤의 적막을 깼다.

“……으응. 사진보다 젊어 보이던데…….”

“그래, 더 예뻐진 거 보니 엄마가 행복한가 보다.”

아빠는 무심히 미소를 지으며 대답한다.

“……왜 그렇게 웃어? 화가 나면 화도 좀 내봐. 아빠.”

나는 그 특유의 미소로 감정을 숨기는 아빠의 모습에 슬며시 화가 났다. 그래도 아빠는 태연히 웃고 있었다. 아빠는 괜찮다고 한다. 아빠가 잘해주지 못해서, 아빠에 대한 사랑이 식어서 떠난 거라면 어쩔 수 없다고 하신다. 다만 둘 사이에 남겨진 우리 신비한테 너무 미안하단다. 신비를 위해 엄마를 지켜주지 못해서 미안하다고.

감정의 동요 없이 웃고 있던 아빠의 얼굴 근육이 순간 일그러지며 눈 안에 맑은 이슬이 안드로메다를 머금고 반짝였다. 그날 아빤 내게 정직했다. 엄마에 대해서, 그리고 아빠에 대해서. 피자집에서 만난 엄마처럼 말이다. 둘이 이제부터는 신비에게 솔직하자고 미리 말을 맞춰놓았나 보다.

“아빠도 여자 친구 만나. 데이지 언니 같은 여자 말이야.”

“뭐어? 하하하.”

우박이 떨어지는 듯한 웃음소리에 깜짝 놀란 페가수스가 밤하늘로 총총 숨어 들어간다. 아빠가 이렇게 시원스레 웃는 것은 근래 들어 처음이다. 아빠의 웃음 안에 뭔가 들켰다는 음흉함이 숨어 있는 것 같다.

"왜 웃어? 그 언니 예쁘잖아. 나한테도 친절하고. 하기인 아빠가 뭐가 좋다고. 돈은 없지, 나같이 송아지만한 딸은 있지."

다시 한 번 뜨끔하며 아빠 얼굴을 살폈다. 그래도 미소 짓는 아빠의 얼굴은 조금의 미동도 없다. 어느새 칠십 노인의 말투를 닮아가고 있으니 큰일이지 싶다. 데이지는 우리 아파트 상가에서 화장품과 여자들의 소품을 파는 가게 이름이다. 아빠와 상가 마트로 장을 보러 갈 때마다 지나치는 가게의 장식장에는 우아한 자태의 크고 작은 소품들이 나를 유혹했다. 그곳에서는 엄마에게서 흘러나오던 성숙한 여인의 향기가 풍겼다. 밖에서 서성이는 나를 볼 때마다 친절한 미소로, 손짓을 해주는 언니였지만 나는 늘 아빠 뒤로 숨어 마트로 내빼기 일쑤였다. 때때로 엄마가 없는 빈자리에 바람이 불어올 때면 이상하게 데이지 언니의 얼굴이 떠올랐다. 그리고 언니의 상점을 지나칠 때마다 쭈뼛거리며 유난히 딴청을 부리는 아빠의 모습이 겹치며 떠오르는 것이다.

그러나 문제는 그 예쁜 언니가 우리 아빠를 좋아할까 하는 것이다. 송아지만한 딸과 함께 두부를 사고, 하얀 벚꽃이 날리는 거리를 함께 산책하고, 숙녀복 상점에서 태연하게 옷을 고르는 우리 아

그리움의 눈물과 사랑의
기쁨이 하늘을 뒤덮습니다.
끝없이 깊고, 고요한 하늘 위
에 은빛으로 떨고 있는 무수
한 별들이 눈물이 되고,
노래가 되어 아빠와 내
주위를 감싸고 돕니다.

빠를 말이다. 이런 고민을 할 때면 정말이지 결코 상상해서는 안 될 생각을 하게 된다.

'내가 태어나지 않았다면 아빠는 공사현장 감독을 그만두지 않았을 텐데, 내가 없었다면 우리 아빠는 데이지 언니에게 프러포즈를 할 수도 있을 텐데, 어쩌면…… 정말로 내가 없었다면 엄마가 떠나지 않았을지도 모를 텐데…… 내가 없었다면 엄마가 그렇게 불안해하지 않았을 텐데…… 어쩌면 그냥 마음껏 행복할 수도 있었을 텐데…….'

어디선가 데이지 향기가 났다. 그리고 하늘에 걸린 달 속에 미소 짓는 데이지 언니가 살짝 비치는 것이다.

# 태양처럼 빛나는, 대지처럼 포근한

오늘도 아빠를 따라나섰다. 가을볕에 빨갛게 익어가는 고추를 따느라 아빠 손이 바쁘다. 덩달아 나도 바빠졌다. 이런 날이 계속되다 보면 트랙터를 타고 혼자 벼농사라도 지을 수 있을 것 같다. 순간, 황금빛 논에서 누런 소를 배경으로, 누런 벼를 흔들며 신문 1면을 장식한 내 얼굴이 그려졌다.

'조손 가정 학생, 대풍년의 주인공. 최연소 농부.'

고향에 내려온 첫날부터 부지런히 노부모의 일거리를 돕는 아빠의 우직함이 나는 참 좋았다. 햇살이 엿가락처럼 늘어지는 오후 늦게 아빠를 따라 뒷산 약수터로 물을 길러 나섰다. 바람에 흔들리는 풀잎들의 몸짓과 길가를 향해 피어있는 들꽃들이 꼭 개선장

군을 환영하는 군중의 무리 같다. 숲 속의 환영을 받으며 약수터로 다다를 무렵 멀리 젖소 농장의 이장님 댁 손자들이 분주하게 서성이는 모습이 보였다. 가끔 동네에서 마주치던 큰 손자는 나와 같은 반이 된 태양이었다. 바로 아래 동생은 네 살이고, 막내는 갓 돌이 지났다고 한다. 이 삼형제는 맞벌이를 하는 부모님 때문에 삼 년 전에 서울에서 고향으로 내려왔다. 그래서인지 이 형제들을 보면 괜스레 우정이 느껴지고는 했다.

인적 소리에 뒤를 돌아보는 태양이와 내 눈이 마주쳤다. 이렇게 정면으로 눈이 마주치는 건 처음이었다. 태양이는 막내 동생의 포대기를 슬며시 숨기며 내 눈길을 피한다. 그러더니 아빠에게 냉큼 인사를 하고는, 동생에게 안 해도 될 잔소리를 늘어놓으며 황급히 산길을 따라 내려갔다. 칭얼거리는 막내의 엉덩이를 한 손으로 달래가며, 다른 손으로는 물병을 담은 바구니를 들고 말이다. 막내를 들쳐 업은 태양이의 뒷모습이 꼭 젊은 아빠의 뒷모습 같다.

어느 날, 저녁 무렵이었다. 태양이네 젖소농장 앞을 가로질러 산책하는 길이었다. 흥미롭게 젖소들을 보며 걸어가는데 창살 사이로 얼굴을 내밀어 힘겹게 물을 핥고 있는 젖소 한 마리가 눈에 들어왔다.

나는 가까이 가서 끈적한 침을 흘리는 젖소의 머리를 살짝 건드려 보았다. 소스라치게 놀란 젖소가 머리를 잽싸게 뒤로 내뺀다.

그리고 하늘을 향해 "우우우―" 하며 겁먹은 울음을 우는 것이다. 약속이나 한 듯이 함께 선 동료들까지도 뒤로 한 걸음씩 물러섰다. 쓸데없는 동료애와 쏟아지는 의심의 눈초리에 기분이 상하면서도 한편으로는 내 다섯 배나 될 법한 거인 녀석들이 어찌나 겁을 내는지 안쓰러울 정도다. 본능적으로 보호본능이 발달한 겁 많은 녀석들의 심성이 느껴져 마음이 아파왔다.

나는 부채꼴 모양의 철물 구조물로 지붕을 받쳐 놓은 축사 안으로 들어갔다. 삼각 모양의 지붕 아래 아치 형태의 처마 밑에는 백여 마리는 될 듯한 젖소들이 오물과 진흙으로 범벅이 된 우리에서 자신들의 삶을 성실히 살아가고 있었다. 처마 사이로 저물어 가는 마지막 햇살이 젖소들의 안식처를 푸근하게 비쳐온다.

태양은 한낮의 눈부신 옷을 벗고 소박한 모습으로 서편 자기 집으로의 귀향을 준비하기 시작했다. 신비로운 주홍빛에 눈이 부셨다. 그때 축사 앞의 사무실에서 파란 장화를 신은 인부가 걸어 나오며 나오라는 손짓을 보낸다. 내가 나오자, 아저씨는 왼쪽 입구의 철창문을 빼서 오른쪽 입구로 걸어 넣고, 소 하나가 좌측으로 겨우 빠져나갈 수 있는 복도를 만들어 사무실 뒤편의 우리까지 길을 터 놓았다.

철창문의 위치로 집의 구조가 바뀌고 있었다. 작은 방들의 일부를 터서 큰 거실로 개조하고 작은 방들 사이를 복도로 연결해놓고 있었다. 공사는 순식간에 이루어졌다. 거대한 젖소의 무리들이 바뀐 구조에 익숙한 듯 자신의 차례를 기다리며 긴 행렬에 줄지어 섰다. 그러자 아저씨는 사무실 뒤편의 우리로 들어가도록 소몰이를 한다.

"워어— 워어—."

소몰이 하는 소리가 들릴 때마다 거대한 소의 무리가 한 곳으로 모여드는 모습은 가히 장관이었다. 동화의 그림에서 막 빠져나온 듯한 소떼와 파란 장화의 아저씨는 노을이 내려앉는 하늘 아래를 한가로이 거닐었다. 진솔함과 소박함이 이렇듯 아름다울 수 있다는 것을 나는 그곳에서 알아가고 있었다. 어떻게 그날들을 잊을 수가 있을까? 자연과 하나 되어 살아가던 우리들의 모습을, 자연에서 쏟아지던 영혼의 위로를 받으며 살아가던 그날들을 말이다. 젖소들의 울음소리가 간간히 들리는 곳에서 건초더미에 기대어 앉아, 먼 산에 난 샛길을 바라보며 소박한 꿈을 꾸고 행복한 미소를 짓던 그 시절을 말이다.

갑자기 담장 안에서 웃음소리가 들려왔다. 들어갈 수 없는 담장 안과 오를 수 없는 하늘을 자유로이 날고 있는 잠자리의 비행소리처럼 말이다. 고추잠자리는 하늘 위로 오선줄을 그리며 날아올랐고 그 위로 테너, 베이스, 소프라노의 웃음소리 음표가 노을처럼 내려앉기 시작했다. 중간 중간 젖소의 울음이 추임새처럼 들려왔다. 매순간 호흡하듯 노래하고 연주하는 자연의 합창이 그리고 대지를 울리는 천상의 노래가 내게로 그 매혹적인 손을 처음으로 내밀고 있었다.  바람이 노래하고 나무들이 연주하며, 꽃들이 춤추듯이 달려와 자연의 비밀들을 알려 주는 은밀한 세계가 베일을 벗고, 이 스산한 골목길로 들어서는 것이다. 그러나 여전히 담장 안의 주인공이 될 수 없는 나는 자연의 연주를 낯설고 어색한 몸짓으로 감상하며, 맨드라미 몇 송이가 졸고 있는 담장 밖의 쓸쓸한 골목길을 지키듯이, 기다리듯이 그렇게 서 있었다. 나는 웃음소리로 가득한 담장 안을 보고 싶었다. 그리고 한가한 저녁 시간, 인적 없는 골목길을 살피기 시작했다. 쓸쓸한 담장 밖에는 나와, 눈치 없는 젖소들, 그리고 사무실로 들어가 버린 인부뿐이었다.

나는 담장 너머로 팔을 올렸다. 그리고 까치발을 하고는 슬그머니 고개를 들었다. 그리고는 숨을 멈췄다. 담장 밖의 골목길에는 눈동자 굴러가는 소리만 들렸다. 마당 한가운데 놓인 평상 위에는 막내가 자신을 바라보며 양손을 흔들고 있는 엄마의 재롱을 신기한 듯이 쳐다보고 있었다. '이분은 누구지? 하는 눈빛이다. 통통하게 부른 배로 보아 이미 고기로 배를 채운 둘째는 여전히 구워지는 고기 조각들을 살피고 있었다. 기특함과 대견함으로 태양이를 바라보는 할머니는 큰손자를 향해 연민과 사랑의 눈빛을 보내고 있었다. 태양이 아빠는 불판에 고기를 올리며, 연신 이마에 흐르는 땀방울을 훔쳤다.

그때, "상추 좀 따올게요." 하는 소리와 함께 태양이가 고개를 돌린다. 그 순간 태양이와 내 눈이 마주쳤다. 태양이가 나를 보고 만 것이다.

나는 반사적으로 머리를 숙이고 몸을 움츠렸다. 그리고 담장 밑에 쭈그려 앉았다. 졸다 깬 키 작은 맨드라미가 나를 보며 살랑살랑 인사를 한다. 후회를 지난 창피함, 창피함을 지난 두려움에 심장이 쿵쾅거렸다. 나는 도둑고양이처럼 도망갈 준비를 하고 심호흡을 했다. 그때 "덜컹" 문소리가 났다. 내 심장이 떨어지는 소리 같기도 했다. 문을 열고 나오는 태양이와 정면으로 마주쳤다. 정확히 말하면 태양이의 무릎과 마주쳤다. 내 눈에는 거만하게 흔들리는 무릎만 보였다. 무릎이 나를 보고 비웃고 있었다.

"야. 신비. 삼겹살 먹고 가래. 우리 할머니가."

머리 위에서 명랑한 목소리가 울렸다. 나는 아무 일도 없었다는 듯이 벌떡 일어났다. 내가 할 수 있는 최선의 행동이었다. 땅바닥에 낙서를 하고 있는 척을 할 수도, 떨어진 동전을 찾고 있는 척 할 수도 없지 않은가 말이다. 그때 난 분명히 얼굴이 붉어졌을 것이다. 그랬을 것이다.

"됐어. 너나 먹어. 너네 소 봐주는 아저씨 드리던지."

나는 괜히 손으로 바지를 탁탁 털며, 옷매무새를 가다듬었다.

나는 그날 맨드라미 몇 송이가 졸고 있는
쓸쓸한 골목길을, 아빠를 지키듯이 엄마를 기다리듯이
그렇게 서 있었습니다. 그리고 노을이 물드는
골목길 한가운데로 태양이가 한 걸음 다가왔습니다.

“저 아저씨 고향이 인도인데, 거기에서 믿는 종교는 고기 먹는 게 불법이래.”

태양이는 예리한 눈빛으로 주위를 살피며, 엄청난 기밀을 폭로해 버리고 말았다. 중요한 정보가 오고가고, 심각한 분위기가 감도는 노을 지는 골목길에서 우리는 지구를 지키는 특수요원이 맞았다. 갑자기 태양이가 고개를 갸우뚱하며 심각해진다.

“그럼 젖소에서 나오는 우유도 먹으면 안 되는 건가? 빵에도 우유가 들어가고, 아이스크림에도 우유가 들어가고, 과자에도 들어가는데. 그럼 저 아저씨는 왜 젖소 농장에서 일하는 거지? 우유만 합법인가? 이상하다. 그치?”

너그러운 아이다. 태양이는 나 한 사람을 위해 바보가 될 줄 안다. 스스로 낮아지는 것이다. 그리고 여전히 차가운 내게 섭섭해 할 줄도 모른다. 대지에서 포근한 기운이 발밑으로 올라온다. 그리고 노을 속에서 마지막 힘을 내는 한줄기 햇살이 희미하게 비춰 왔다.

# 두려워하지 마, 용기를 내

무거운 잠이 서서히 걷히면서 안개가 낮게 깔린 흐릿한 풍경이 눈에 들어오기 시작했다. 그리고 스펀지가 물을 흡수하듯 정신이 의식 안으로 스며들었다. 그러자 순식간에 뿌연 안개가 걷히고, 초록빛 초원과 그 위로 수많은 나무, 화려한 꽃들이 물기를 머금고 반짝였다. 어디선가 본 듯한 낯익은 풍경이다. 그러나 나는 아름다운 이곳에 발을 내딛지도 못하고, 여전히 초원으로 들어가는 문 앞에서 서성이고 있었다.

'두려워하지 마.' 어디선가 속삭임이 들린다. 그 순간 갑자기 나는 하늘을 날고 있었다. 하늘 아래로 나무숲과 시냇물이 흐르는 초원이 보였다. 나는 노을이 지는 하늘을 지나, 보랏빛으로 어둠이 내려앉는 계곡을 거쳐, 우울한 잿빛을 띠는 광야로 내려왔다. 땅으로 내려앉는 순간 어떤 이가 내 몸을 잡아 주었다. 그는 마치 금으로 만든 가면을 쓰고 있는 것처럼 몸이 금가루의 광채로 빛나고 있었다. 그의 이목구비가 또렷이 보이지는 않았지만 그가 이곳을 아주 오랫동안 사랑하고 있고, 이곳의 방문자들에게 거짓이 없고 성실하다는 것이 느껴졌다.

그가 나를 들판의 끝이 보이는 계곡으로 데려갔다. 갈라진 들판 너머로 소름이 끼칠 만큼 공포스러운 굉음을 내며 절벽 아래로 폭포수가 내리쏟아지고 있었다. 보기만 해도 아찔했다. 그 순간 누군가 발밑에서 내 발을 잡았다. 순식간에 그 손은 나를 절벽 아래로 끌어당겼다. 갑작스레 놀란 나는 끌려가지 않기 위해 손에 만져지는 것을 닥치는 대로 잡았다. 그러나 잡히는 건 겨우 힘없이 뽑히는 풀 몇 가닥뿐이었다. 나와 함께 있던 그의 모습은 어디에도 없었다. 그때, 어딘가에서 다급한 목소리가 들렸다.

'네 안의 그를 믿어. 두려워하지 마.'

나는 나도 모르게 그 목소리가 시키는 대로 눈을 감고 외쳤다.

"내 안의 당신을 믿어요. 저는 두려워하지 않아요."

그 순간 감은 눈 위로 마치 빛이 폭발하면서 만들어진 구름 같은 연기가 피어올랐다. 눈을 뜨자, 빛의 폭발로 발생한 수많은 빛의 파편들이 파장을 일으키며 떨어지고 있었다.

어디에선가 또다시 그의 음성이 들려왔다.

'두려움을 버려, 용기를 내.'

나는 떨어지는 빛 조각을 잡아, 나를 절벽 아래로 끌어내리려 하는 누군가의 가슴을 힘껏 찔렀다.

"꺄아악!"

하늘을 가르는 듯한 울부짖음에 나는 있는 힘을 다해, 그 빛 조각을 들어올렸다. 그리고 빛에 가슴이 찔린 그를 하늘 높이 들어올려 절벽 아래로 힘껏 떨어뜨렸다. 절벽 아래에는 고통 속에 얼굴이 일그러진 수많은 사람들이 절벽을 기어오르고 있었다. 그들이 나를 공격해 오고 있는 것이다. 나는 계속해서 떨어지는 빛 조각들을 잡았다. 그리고 올라오는 자들을 공격하자, 그들은 땅을 가를 듯한 괴성을 지르며 떨어져 나갔다. 그런데 떨어지며 눈이 마주친 사람들의 눈빛이 낯설지 않다. 그들은 다름 아닌 내 안의 두려움과 공포라는 또 다른 나였다. 그것을 인식한 순간, 나는 팔에 힘을 잃기 시작했다. 다리에 긴장이 풀어진다.

어디에선가 또다시 강한 그의 음성이 들렸다.

'약해지면 안 돼! 두려움은 버려!'

그 소리가 내 가슴을 뚫고 들어와 폐부를 찌르는 것 같다. 그 소리에 정신을 차려보니 내 주변으로 하나둘씩 그들이 몰려들고 있었다. 나는 다시 빛 조각들을 잡으려고 하늘로 팔을 올렸다. 그러나 내 손에 잡힌 건 거칠고 흉물스러운 그들 중 누군가의 손이었다. 그들이 내 팔과 다리를 잡고 두려움과 공포의 절벽 아래로 나를 끌고 가는 것이다. 나는 공포에 떨며 마지막 용기를 내어 그에게 호소했다.

"나는 두렵지 않아요."

그 순간 하늘에서 커다란 빛 덩어리가 발사되었다. 그 빛은 내게로 향해 날아 왔고, 빛에 올라탄 누군가 내 팔을 잡아 나를 하늘로 힘껏 들어올렸다. 나는 그들의 손에서 벗어나기 시작했고, 발을 동동 구르며 억울해 하는 사람들의 일그러진 얼굴들이 점점 멀어졌다. 나는 푸른빛 하늘의 공기를 들이쉬고 숨을 내쉬었다. 그리고 살살 불어오는 바람에 몸을 맡기고, 대기를 떠다니는 것을 편안히 느끼기 시작했다. 나는 그제야 나를 구해준 사람의 얼굴을 보기 위해 고개를 들었다. 그때였다. 땅 아래서 폭발음이 울리며 불덩어리가 내 쪽을 향해 날아오고 있었다. 그것은 계속해서 둥근 원을 그리고, 뾰족한 불꽃들을 사방으로 뿌리며 나를 공격해 왔다. 그 순간을 의식했을 때에는 이미 폭발음과 함께 내 가슴에 커다란 구멍이 뚫려 있었다. 그리고 구멍 안에서 뜨겁고 끈적한 물질이 흘러 발밑으로 떨어져 내리고 있었다.

'두려워하지 마. 너는 강인한 아이야. 내가 너를 지켜줄게.'

끊임없이 위로하는 그의 속삭임이 들린다. 나는 지친 얼굴을 들어 하늘을 올려다 보았다. 하늘에는 유난히 크고 선명한 별 하나가 신성한 빛을 반짝이고 있었다.

하늘을 가르는 듯한
울부짖음에 나는 있는 힘을
다해 그 빛 조각을 들어 올렸다.
그리고 빛에 가슴이 찔린
그를 하늘 높이 들어 올려
절벽 아래로 힘껏 떨어뜨렸다.
그러자, 어디선가
그의 음성이 들려왔다.
'두려워하지 마. 용기를 내.'

나는 오늘도 도서관으로 향했다. 낯선 친구들 사이에서 그나마 위안이 된 곳은 도서관이었다. 그날도 오후 내내 책을 읽고, 해가 질 무렵에야 학교 문을 나서기 시작했다. 신발을 갈아 신는 내 등 뒤에서 갑자기 태양이의 목소리가 들렸다.

"신비야, 너도 서울에서 왔지? 부모님이 지방으로 발령 받아서 잠시 와 있는 거라고 우리 할머니가 그러시더라."

나는 말없이 고개를 끄덕였다. 운동장으로 나오자, 하늘에는 자줏빛 노을이 황홀하게 펼쳐져 있었다. 온 세상으로 초록빛과 자줏빛이 수채 물감처럼 유연하게 섞이며 번져 가는 것이다. 그것은 마을 풍경을 고스란히 담아낼 만큼 맑고 투명했다. 그 시간 하늘과 대지는 서로를 품으며 하나가 되어 가고 있었다. 노을은 운동장 끝의 철봉 밑에 앉아 있는 학이의 모습까지 한 폭의 수채화로 그려 갔다. 그때, 누군가에게 말하는 학이의 목소리가 어렴풋이 들렸다.

"신비 엄마, 예전에 집 나갔다더라."

노을 진 하늘에 폭풍우가 몰아쳤다. 한 폭의 수채화는 바람에 날려 흔적도 없이 사라져 버렸다. 서울서도 가끔 듣던 얘기라 새롭지는 않았지만, 이곳에서 나의 과거와 현실적인 운명이 사라질 것이라는 기대감이 순식간에 무너지는 순간이었다.

다음 날, 한낮의 하늘 위에 떠 있는 별들의 모습이 희미하게 내게 다가왔다.

# 전설을 들어 봐. 신화 속으로 들어와

할머니의 심부름으로 담이의 집에 가는 길이었다. 새벽부터 할머니는 바구니 한가득 전을 부치셨다. 오늘이 담이 할머니의 생신이라고 한다. 나는 평소처럼 집 근처를 산책할 때 입는 면 트레이닝 바지에 회색 티를 입고, 아빠가 사준 빨간 야구 모자를 썼다. 그리고 작은 보자기로 정성스럽게 덮인 바구니를 들고 가을이 시작되는 마을 길을 걸었다. 예전에는 물이 많고 꽤 깊었다는 마른 개울 길이 담이의 집까지 길게 나 있었다. 학교를 가려면 거쳐야 하는 이 길에서, 나는 가끔 마른 개울가에 앉아 엄마를 찾는 아기 도마뱀의 행로를 눈으로 쫓고는 했다.

담이의 집 대문은 집주인의 여유로운 마음을 보여주듯이 활짝 열려 있었다. 나는 대문 안으로 들어갔다. 잘 정돈된 잔디가 방금 빨아서 말린 초록빛 담요처럼 마당 전체를 덮고 있었다. 계단을 올라가 반쯤 열린 현관문의 손잡이를 잡고 문을 막 열려고 할 때였다. 문이 드르륵 열리더니 분꽃 같이 고운 담이 할머니가 나오셨다.

"아니, 과수원 집 손녀딸이 웬일이냐?"

"할머니가 전을 가져다 드리라고 하셔서 왔어요."

담이 할머니는 소쿠리를 받으시고는 "담이야, 과수원 집 손녀 왔다." 하신다. 담이 할머니는 내게서 건네받은 소쿠리를 신발장 위에 올려 놓고, 문을 나서는 손님의 뒤를 따라나섰다. 대학 입시에서 농어촌 특혜를 받기 위해 할머니 별장으로 내려온 담이는 그해 엄마의 차를 타고 이곳과 집을 오가고 있었다. 주로 서울에서 미술 교육을 받느라 바쁜 담이가 그날은 집에 있었다.

나는 집 안을 들여다보았다. 목조의 바닥과 깨끗한 벽지로 둘러싸인 넓은 거실에는 고급스러운 식탁과 소파가 놓여 있었다. 벽에는 가족 사진과 시원스러운 풍경이 그려진 그림들, 골동품처럼 보이는 괘종시계도 걸려 있었다. 그리고 공간과 가구들을 아주 편안하게 사용하는 말쑥한 차림의 사람들이 오고갔다.

점잖게 오가는 어른들 사이에서 함초롬한 날갯짓을 하고 있는 한 마리 나비가, 사람들의 행동을 쫓던 내 시선으로 들어 왔다. 붉은 저고리에 감꽃색의 한복 치마를 입고, 머리를 곱게 땋아 내린 담이였다. 그때 담이는 꽃을 찾아 날아가는 한 마리 나비 같기도 했고, 짝을 찾아 노래하는 한 마리 종달새 같기도 했다. 날아가면 영원히 잃어버릴 것 같아 손에 꼭 넣고 싶은 사랑스러운 요정 같기도 했다. 그녀는 누군가와 정답게 이야기를 나누고 있었다. 할머니의 소리를 듣지 못한 담이는 앞에 서 있는 사람과 계속해서 즐거운 담소를 나누었다. 나는 담이를 한동안 바라보았다. 그러다가 시선이 담이를 벗어나 벽에 걸린 시계를 지나고, 담이 앞에 있는 사람에 멈췄다.

담이 앞에 다정하게 서 있는 그 사람을 바라보는 내 시선이 차가워졌다. 태양이었다. 태양이는 머리를 깔끔하게 손질하여 뒤로 넘기고, 검은 바지와 흰색 셔츠 차림으로 신사처럼 점잖은 모습을 하고 있었다. 갑자기 호흡이 가빠지고, 심장이 뛰기 시작했다. 어느새 차가운 이성은 도망가고, 감정의 동요가 파도치듯 일어났다. 담장 너머 소박한 나팔꽃이 된 그 순간, 그가 내가 서 있는 현관을 향하여 고개를 돌린다.

그때 머릿속에는 집에서 입고 온 무릎 나온 바지만 떠올랐다. 나는 급히 뒤를 돌아 허겁지겁 계단을 내려갔다. 고운 잔디가 밟히는 것도 모르고 마냥 뛰었다. 나는 도마뱀이 도망가던 마른 개울을 넘어 나무숲 사이로 들어갔다. 그리고 나무 사이를 헤치고 마냥 뛰다시피 걸었다. 얼마나 정신없이 걸었는지 어느새 숲 속의 공터까지 들어와 있었다. 나는 잘린 나무의 밑동에 주저앉아 가쁜 숨을 내쉬었다. 그리고 마음이 가라앉자 내가 왜 이곳까지 왔는지 생각을 더 듬어 보았다. 그러자 쑥스러운 감정이 고개를 들며, 얼굴이 빨개져 오는 것 같다. 피식 웃음이 난다.

나는 고개를 들어 주변을 둘러보았다. 그 순간 내 눈에는 늘씬하게 쭉쭉 뻗어 마치 하늘로 닿을 듯한 은빛의 나무들이 보였다. 반짝반짝 빛나는 은빛 자작나무 숲이 나를 에워싸고 있었다. 다람쥐 한 마리가 나무 위에서 기어 내려와 내게로 다가왔다. 그리고는 아무것도 줄 게 없는 방문객의 주변을 한 바퀴 돌더니 다시 나무 위로 올라가 버렸다.

나는 숲 속으로 천천히 걸어 들어갔다. 비밀스럽고 신비한 곳이다. 은빛으로 떨리는 자작나무의 잎사귀들이 얼굴 위에 모자이크 같은 빛과 그림자를 수놓으며 반짝였다. 나는 숲의 일부가 된 듯 자작나무 숲의 비밀스러운 곳으로 더 깊이 들어갔다.

얼마나 걸었는지, 잔잔히 흘러가는 물소리가 근처 어디에선가 들려왔다. 나는 빠른 걸음으로 소리가 나는 곳으로 향했다. 나무숲이 끝나는 곳에 다다르자, 놀랍게도 그곳에는 작은 호수가 있었다. 호수 주변에는 갈대가 무성하고, 잘린 나무 밑동과 뿌리가 나온 채 뽑혀 이리저리 엉켜 있는 나무의 시체들, 죽어가는 나무와 축축한 갈색 이파리 들이 이리저리 흩어져 있었다. 이곳은 인적이 끊긴 지 오래되었다. 나는 호수 밑으로 내려갔다. 그곳에는 낡은 나룻배 한

척이 햇빛과 비에 삭아 끊어질 것 같은 밧줄에 묶여 말뚝에 고정되어 있었다. 가끔씩 밀려드는 물이 구멍 난 바닥 위로 올라왔다가 빠져나가곤 했다. 갑자기 호수 반대편 숲 속에서 푸드득거리는 소리가 나더니, 황새 한 마리가 호수 위로 날아와 작은 물고기 한 마리를 입에 물고 사라진다. 나는 작은 돌 하나를 집어 몸을 낮게 하여 물 위로 던졌다. 통통통, 돌이 물 위에 튕겨져 나가는 소리를 내며 작은 파장을 일으키고는 물속으로 사라진다. 나는 다시 있는 힘을 다해 돌을 던졌다. 그때 갑자기 바람이 불어와 내 모자가 벗겨지며 하늘로 날아올랐다. 그리고 돌과 함께 호수 위로 떨어졌다. 아빠가 사준 빨간 모자다. 나는 모자를 잡기 위해 급히 물속으로 발을 디뎠다. 한 걸음 두 걸음, 호수 안으로 들어갈수록 모자는 내게서 멀어지며 물결 따라 흘러간다.

'이곳의 전설을 들어 봐.'

어디선가 속삭이는 소리가 들렸다.

'신화 속으로 들어와.'

더 확신이 가는 음성이다.

'그를 믿어.'

누군가 내 속에서 말하고 있었다. 그 순간, 수영도 할 줄 모르는 내게로 잔잔했던 물이 파도처럼 덮치기 시작했다. 나는 물속으로 잠기고 있었다.

“아빠아, 아빠아……”

나는 얼굴이 물 위로 올라올 때마다 아빠를 불렀다. 하늘에 웃고 있는 아빠의 얼굴이 보였다.

“아빠, 나…… 좀…… 살려…… 줘.”

그래도 아빠는 여전히 웃고만 있다.

누군가 또다시 내게 말하고 있다.

‘신화 속으로 들어와.’

‘잊혀진 사랑의 얘기를 들어봐.’

애절한 음성이다. 나는 눈을 떴다. 물 위에서 굴절된 햇살이 호수 저 밑바닥까지 투명하게 비쳐 온다. 물속에서 빛들의 축제가 시작되고 있었다. 나는 그날 빛의 색을 보았다. 빛도 자신의 얼굴을 갖고 있다는 비밀을 알게 되었다. 빛들이 물속에서 춤을 추며 자신들만의 색깔을 보여 주었다. 매혹적인 모습이었다. 보라, 노랑, 초록의 빛줄기들이 내 손을 잡고 나를 감싸 안는다. 내 머리를 쓰다듬고, 내 볼을 어루만졌다. 내 입술 위로 보드라운 빛줄기가 물처럼 스며들었다.

그때, 빛이 비치는 호수 바닥에서 사람의 형체가 희미하게 보이기 시작했다. 희미했던 형체가 빛줄기에 더욱 선명해지자 고운 엄마의 모습이 드러났다. 엄마가 내게로 손짓했다.

‘이곳의 전설을 들어 봐. 그를 믿어.’

나는 그리운 엄마의 품에
안기고 싶었습니다. 그래
서 내 손을 잡고 있는 빛들
의 손을 놓고 내 어깨를 감
싸는 빛줄기를 뿌리쳤습니
다. 그리고 아름다운 머릿
결을 흩날리는 엄마를 향해
더 깊이 들어갔습니다.

엄마의 음성이 들렸다.

나는 엄마의 품에 안기고 싶었다. 그래서 내 손을 잡고 있는 빛들의 손을 놓고, 내 어깨를 감싸는 빛줄기를 뿌리쳤다. 그리고 아름다운 머릿결을 흩날린 채 미소 짓는 엄마를 향해 더 깊이 들어갔다.

또다시 엄마의 음성이 들렸다.

'아직은 아니야. 그를 믿어.'

그 순간, 누군가 뒤에서 나를 잡았다. 그리고는 그의 팔이 나의 목을 힘껏 끌어안는다. 엄마에게서 나를 떨어뜨리려 하는 것이다. 나는 허우적대며 엄마를 불렀다.

그러나 미소 짓는 엄마의 모습이 점점 멀어지고 정신을 차렸을 때, 난 호숫가 모래 바닥에 누워 있었다. 누군가 급히 배를 누르고 내 이름을 부르며 볼을 이리저리 돌리기도 한다.

"신비야, 일어나. 제발."

정신이 완전히 돌아왔을 때 물방울이 맺혀 뚝뚝 떨어지는 태양이의 얼굴이 보였다. 태양이의 떨리는 손이 내 얼굴로 다가오다가 멈춘다.

"정신이 드니? 괜찮아. 신비야, 내가 있잖아."

태양이의 말이 오랫동안 귓전을 맴돌았다.

태양이도 이곳까지 어떻게 왔는지 잘 모르겠다고 했다. 담이와 얘기를 하는 도중에 그냥 이 숲 속으로 빨리 와야 할 것 같은 느낌이 들었다고 했다. 자신이 기억하는 마지막 모습은 놀란 담이가 자기의 이름을 불렀고, 자기는 그냥 뛰었다는 것이다. 자신도 처음 와 본 이곳으로 무작정 달렸다고 했다.

태양이의 얼굴과 팔에 이리저리 긁힌 상처가 보인다. 그곳에서 빨간 핏방울이 맺히고 있었다.

# 눈부신, 그 푸르른 느티나무 아래에서

복도 모퉁이를 돌자 담이의 모습이 보였다. 나는 먼저 다가가 밝게 인사를 건넸다.

"담이야, 안녕?"

담이가 사랑스러운 반달눈을 하고 반갑게 웃어준다.

"안녕, 신비야, 돌아오는 토요일에 시간 있으면 우리 만날래?"

"토요일? 좋아."

11시 30분 버스 시간에 맞춰 정류장으로 향했다. 멀리 태양이와 담이가 정류장 앞 벤치에 앉아 있는 모습이 보였다. 갑자기 서운한 마음이 든다. 그러나 그것도 잠시, 나는 며칠 전에 있었던 일이 떠올랐다. 우리만의 비밀. 말할 수도 없고, 믿기지도 않을 자작나무 호숫가의 일들을 말이다. 태양이의 떨리는 눈빛과 긁힌 상처에서 스며 나오던 핏방울들을 말이다.

“애들아, 일찍 왔네?”

태양이가 나를 보더니 퍽 놀라는 기색이다.

“어, 신비도 왔어?”

예상치 않은 나의 출연에 잠시 멈칫하던 태양이가 벌떡 일어나더니 내게 자리를 양보했다.

“신비야, 여기 앉아. 참, 잠깐.”

태양이가 주머니에서 손수건을 꺼내더니 자기가 앉던 자리에 깔아준다.

그 순간, 나를 훑어보는 담이의 새침한 눈길이 느껴진다. 멀리서 학이와 마르의 웃음소리가 들려왔다. 우리는 피자집의 둥근 탁자 위에 모여 앉았다. 준비된 음식이 탁자 위로 오자 학이와 태양이가 함성을 지른다.

“와아— 맛있겠다!”

우리는 담이를 위해 준비한 생일 케이크 위에 초를 꽂고 불을 붙였다. 우리의 얼굴이 반짝반짝 빛을 내며 상기되고 있었다. 소심한 내가 완전히 변하여 친구들 사이의 용사가 된 것처럼 나는 한껏 흥분해 있었다. 그렇게 깔깔거리며 웃는 나를, 수다를 떠는 내 모습을 태양이가 곁눈질로 흘깃 흘깃 바라본다. 난 정말이지 그때 담이와 마르가 내 인생의 소중한 친구가 되어줄 것 같은 기대감에 흥분하고 있었던 것이다.

"생일 축하합니다. 사랑하는 담이의 생일을 축하합니다."

축하 노래가 끝나고, 박수가 쏟아지고, 촛불이 꺼지고, 폭죽이 터졌다. 귀를 막고 즐거워하는 우리를 보던 학이와 태양이가 서로 눈짓을 하더니 한바탕 더 폭죽을 터뜨린다. 나는 지금까지도 그때 그 피자의 맛을 잊을 수가 없다. 시골 읍내의 아담한 피자집을 울리던 웃음소리와, 우리들의 열정과 소중한 감정들이 그때의 아름답고 추상적인 모든 감정들이 그 피자 맛으로 기억되고 있었다. 그래서 아직까지 내 추억 속의 큰 부분을 이렇게 차지하고 있는 것이다.

예쁘게 포장된 선물이 담이 앞으로 하나씩 쌓여갔다. 담이는 쑥스러워하며 조심스럽게 선물들을 열어본다. 내가 선물한 가짜 테디베어 인형과 태양이가 선물한 색연필을 풀었다. 담이는 부유한 집 아이답지 않게 소박한 모습으로 작은 선물들을 보며 너무나 기뻐했다. 그 모습에 내 마음이 훈훈해졌다.

"애들아, 실은 나도 선물 가지고 왔어."

뜻밖에도 담이가 나와 마르를 위한 선물이 있다며 테이블 밑에서 쇼핑백을 꺼내든다. 담이가 쇼핑백 안에서 곱게 개켜진 옷들을 꺼내놓았다. 나는 담이가 우리를 위해 산 옷들인가 싶어서 순간 의아하기도 하고, 고마운 마음이 들기도 했다. 담이의 착한 마음과 따스한 배려가 고마웠던 것이다. 그런데 갑자기 마르의 얼굴이 굳어졌다.

"네가 입던 옷이니?"

딱딱한 얼굴이 된 마르가 차가운 목소리로 묻는다.

"응, 나한테는 조금 커서 너나 신비한테 어울릴 것 같아."

담이가 내 앞으로 한복 한 벌을 내밀었다. 며칠 전 담이 할머니의 생신 때 담이가 입고 있었던 한 마리 나비 같은 한복이다. 침이 꼴 까닥 넘어간다.

"이건 내가 한 번뿐이 안 입은 옷인데, 나한테는 조금 길어서."

나는 너무나 당황스러웠다. 갖고 싶지만, 배려가 고맙지만, 그 마음은 착하지만 선뜻 받을 수가 없는 이 묘한 분위기와 서운한 마음은 왜일까? 갑자기 태양이가 내 앞에 놓인 한복을 집더니 일어나서 자기 몸에 이리저리 대본다.

"야, 이거 예쁘다. 이렇게 예쁜 옷이 신비한테 어울리냐? 우리 엄마나 드려야겠다. 신비랑 우리 엄마 키가 비슷하니까 맞으실 거야. 히히히"

태양이는 히죽히죽 웃으며 테이블에 아무렇게나 놓인 담이의 옷들을 쇼핑백에 담기 시작했다.

"오늘 횡재했다. 피자에, 옷들에, 내가 산거라고 엄마한테 뻥칠까? 히히히"

태양이는 주섬주섬 옷들을 챙기더니 벌떡 일어난다.

"담이야, 너희 엄마 오실 시간이지? 다 같이 나가자."

　모든 사소한 감정들이 태양이 덕분에 한 번에 해결되었다. 우리는 담이 엄마의 승용차가 올 때까지 정류장에서 기다리고 있었다. 벤치에는 이미 음식과 물건으로 가득한 장바구니를 들은 노인들이 버스를 기다리며 앉아 계셨다. 잠시 후, 정류장 앞으로 흰색 승용차가 멈춰 섰다. 세련된 여성이 승용차에서 나오더니, 태양이와 학이를 보고 반달눈을 하며 반갑게 웃는다. 그 친근한 반달눈의 여성은 담이를 태우고 뿌연 먼지를 내뿜으며 꿰다 놓은 보릿자루처럼 쭈뼛거리는 우리 둘에게 짧은 눈인사를 하고 떠나 버렸다.

　"쟤 또 시작이니?"

　승용차의 뒤꽁무니를 바라보며 마르가 퉁명스럽게 묻는다.

　"글쎄……."

　태양이가 머리를 긁적이며 멋쩍게 웃었다.

　"저번에도 다 낡은 옷을 선물이라고 애들한테 돌려서 그 망신을 당하더니."

　마르가 태양이의 손에서 쇼핑백을 낚아채더니 한복 저고리를 꺼내 이리저리 훑어본다.

　"이럴 줄 알았지. 자, 봐라. 겨드랑이에 붉은 염색 묻은 거 안 보이냐?"

　감색 저고리의 겨드랑이 부분에 치마의 붉은 색이 묻어 드문드문 얼룩져 있었다. 나는 어찌할 바를 몰랐다. 만약 내가 그 옷을 천연덕스럽게 받아들였다면, 난 무슨 웃음거리가 되었을까 싶은 마음에 얼굴이 홍당무처럼 붉어졌다. 마르의 말에 의하면 담이의 성격은 도대체 종잡을 수 없다고 했다. 상당히 친근하게 굴다가도, 다음날이면 처음 보는 사람처럼 대하는 이중인격의 소유자라는 것이다. 서울에서도 그 성격 때문에 학교생활에 적응하지 못하고 내려왔는데, 이곳에서도 제 버릇 어디 가지 않는다며 마르는 걷는 내내 불만을 토로한다. 오늘따라 유난히 말이 없던 학이가 한마디 한다.

"담이도 기분이 좋진 않을 거야. 담이의 성격 형성 과정에 문제가 있었나 보다 하고 이해해 줘라."

학이가 웬일인지 너그러운 이해심을 보이고 있다.

"야, 우린 뭐 엄청나게 좋은 환경에 살아서 이렇게 넉살 좋게 사냐?"

담이를 두둔하는 학이의 말에 발끈한 마르가 처음 딴 사이다처럼 톡 쏘아붙인다.

"쟤는 환경이 문제가 아니라, 교만이 문제야. 순 교만 덩어리."

태양이와 나는 아무 말도 하지 않았다. 나는 담이에 대해서 아는 것이 없었기 때문이었고, 태양이는 담이가 유일하게 의지하는 친구이기에 의리상 말할 수 없었을 것이다. 느린 걸음을 걷던 태양이가 무겁게 입을 뗐다.

“담이도 개인적으로 힘든 일이 있나 보더라. 아까 봤지? 담이 엄마 표정도 좋지 않으시고. 우리가 이해하자.”

앞서 걷던 마르가 언제 꺾었는지 들꽃들을 한 아름 껴안고 뒤를 돌아보았다.

“여기 맘 좋은 성인군자 납시었네. 학이는 그렇다 치고, 태양이 너도 맘 참 좋다.”

학이가 걸음을 멈추더니 바닥에 있는 돌멩이 하나를 발로 걷어 찼다. 돌은 ‘퉁’ 하고 튕겨져 나가 풀숲으로 도망가 버렸다. 집을 향해 한참을 걸어가던 우리의 눈에 마을 입구에 서 있는 느티나무 이 파리가 바람에 떨고 있는 모습이 보였다. 동시에 그 풍경을 보던 태양이와 학이가 느티나무를 향해 뛰어갔다. 엉겁결에 마르와 나도 같이 뛰었다. 바람이 웃음소리를 퍼뜨리며 불어왔다. 바람은 우리들의 우울했던 기분을 날려버리고 호탕하게 웃으며 우리를 스치고 하늘로 날아올랐다. 느티나무에 다다른 태양이와 학이가 고목의 팔에 매달렸다. 그리고 그 둥치 위로 기어 올라가는 것이다. 둥치 위로 먼저 올라선 태양이가 학이의 팔을 잡아 주었다.

학이가 올라선 순간, 태양이가 무게중심을 잃고 휘청 거리며 떨어질듯 하더니 기어이 중심을 잡고 당당히 섰다. 곧 태양이가 가지에 다리를 찰싹 붙이고 자기 머리 위에 있는 또 다른 굵은 가지를 양손으로 잡았다. 그리고 양팔을 몇 번 흔들어 보이며 가지가 튼튼

한지 확인하더니 나뭇가지에 다리까지 감고 대롱대롱 매달린다. 그러더니 서커스 단원처럼 벌떡 일어나 가지 위에 올라섰다. 그 밑에서는 느티나무를 끌어안고, 바들바들 떨고 있는 학이가 태양이를 올려다보고 있었다. 태양이가 학이를 내려다보더니 뭐라고 말을 하는 것 같다. 태양이가 한 손으로 느티나무 이파리를 뜯어 학이의 머리에 뿌렸다. 은혜의 성수가 학이의 머리에 뿌려지고 있었다. 학이도 질세라 이파리를 뜯으며 하늘로 뿌린다.

학이의 마음이 초록빛 비둘기가 되어 하늘로 날아가고 있었다. 마르와 나는 느티나무 아래에 눈처럼 뿌려진 억새풀 사이를 헤집고 들어갔다. 키 큰 억새들 사이에 키 작은 토끼풀들이 보석처럼 빛을 내며 돋아 있었다. 우리는 토끼풀을 꺾고 줄기들을 묶어 작은 꽃다발을 만들기도 하고, 머리에 꽂기도 했다. 뒤에서 마르가 긴 강아지풀로 귀밑을 간질인다. 나는 머리카락을 넘기는 척하며 갑자기 뒤로 돌아 마르의 허리를 잡고 간질이기 시작했다. 까르륵거리며 신나게 웃던 마르가 양팔을 넓게 펴더니 숨을 들이마셨다. 그리고 고향으로 돌아갈 준비를 하는 시한부 환자가 되어 삶이 참으로 아름다웠다는 극의 절정을 연기하고는 쓰러져 버린다.

나도 눈부신 햇살의 화살에 맞아 죽어가는 이름 모를 신화의 주인공이 되었다. 죽음마저도 행복한 배우, 연인을 보는 애절함과 육체의 고통을 동시에 느끼는 심오한 연기를 하며 억새풀 속으로 쓰러졌다. 대지가 우리를 끌어안는다. 우리 두 배우는 억새풀 사이에 나란히 누워 파란 하늘을 바라보았다. 구름은 하늘에 야속할 정도로 눈부신 그림을 그려 가고 있었다. 마르와 나는 아무 말도 하지 않았다. 지나간 시간에 대해 묻지도 않았고, 자기 연민에 빠질까 하는 위안을 주고받지도 않았다. 우리는 같은 대지의 품안에서 같은 하늘을 바라보며, 자연으로부터 오는 부드러운 위로만을 받고 있었다.

우리는 어쩌면 두려웠을지도 모른다. 바람이 머물 수 없는 황량한 들판을 지나는 바람처럼 우리의 인연도 그저 스쳐 지날지 모른다는 불길한 예감 말이다. 그것은 나도 모르게 지난 시간들이 씨를 뿌린 관조와 체념이라는 쓰디쓴 열매였다. 그것은 오랜 시간 아픔과 싸워 이겨낸 영광 뒤에 가려진 우울한 상처의 흔적이었다.

얼마나 시간이 흘렀는지 눈을 뜨니, 마르는 언덕 위의 소나무 숲길을 꽃들 사이를 헤치며 올라가고 있었다. 우리들의 거리가 점점 멀어져 갔다. 태양이도, 마르도, 학이도 서로가 원하는 방향으로 흩어져 혼자만의 보물찾기를 하는 것이다. 그 시간 우리 모두에게 동일하게 부어졌던 자연의 축복은 초원의 싱그러운 풀 내음이 온몸 구석구석으로 활기차게 흘러가고 있는 것이었다.

나는 그날, 꽃과 바람의
소리를 들었습니다. 꽃의
속삭임을 들었고, 바람의
향기를 맡았습니다. 그리고
하늘과 대지가 하나가 되어
가는 것을 보았습니다.

“신비야.”

언제 내려왔는지 머리 위에서 나를 부르는 태양이의 목소리가 들렸다. 일어나서 뒤를 돌아보니 노란 민들레 화관을 머리에 쓴 태양이가 싱글거리며 웃고 있었다. 나무를 타는 그 잽싼 실력으로 어느새 화관까지 만들어 쓰고 있는 것이다. 내게로 걸어오던 태양이가 허리를 굽혀 토끼풀 몇 개를 더 꺾었다.

태양이가 천천히 내 앞으로 다가왔다. 태양이가 웃을 때마다 바람이 초원의 향기를 실어 오고 있었다. 마지막 햇살을 등에 지고 서 있는 태양이의 얼굴에 쑥스러운 미소가 떠오르는가 싶더니 입가의 근육이 살짝 움직인다. 태양이는 마치 떨고 있는 것처럼 보였다. 긴장한 모습의 태양이가 갑자기 내 한쪽 팔을 잡았다. 태양이는 떨고 있었다. 나는 너무나 당황스러워 팔을 빼려고 힘을 주었다. 그러나 나보다 몇 배나 더 강한 힘으로 내 손을 자기 앞으로 끌어당긴다. 그러더니 내 왼손 검지손가락에 동그랗게 감긴 토끼풀을 끼워주었다. 토끼풀이 금세 꽃반지가 되어 햇빛에 반짝거렸다.

“어릴 때, 이러고 놀지 않았니? 옛날엔 서울에도 토끼풀이 많았어.”

가슴이 뛰고 얼굴이 화끈거렸다. 나는 고개를 들을 수가 없었다. 당황하여 어쩔 줄을 모르는 내게 태양이는 자신이 쓰고 있던 화관을 벗어서 씌워준다. 뛰기만 하던 심장이 이제는 쿵쾅거리며 눈 앞으로 튀어나올 기세다. 흰 눈처럼 뿌려져 드넓게 펼쳐진 억새밭 한가운데서 나는 소년을 보았고, 소년은 나를 보았다. 소녀는 그 시선에 흔들렸으며 마침내 마법에 걸려 버렸다.

바람에 춤추는 억새들의 '쏴아아' 하는 푸르른 웃음이 날아다니고, 생기가 넘치는 들꽃들이 우리를 휘감았다. 나는 그날 꽃과 바람의 소리를 들었다. 태양이가 마법을 건 것이다. 꽃의 속삭임을 들을 수 있도록, 바람의 향기를 맡을 수 있도록, 그리고 하늘과 대지가 하나가 될 수 있도록 말이다. 담쟁이 넝쿨로 둘러싸인 고요한 성에서 혼자 놀던 나는 민들레 화관과 꽃반지를 줍고 마법에 걸리고 만 것이다. 그리고 그 순간 나를 둘러싸고 있던 세계가 특별한 의미를 가진 새로운 얼굴로 다가왔다. 갑자기 내 앞에 펼쳐진 세계가 풍요로워지기 시작했다.

그때, 언덕 위의 소나무 숲에서 깔깔거리는 웃음소리가 들려왔다.

"애들아, 나 좀 봐."

이제는 여유롭게 둥치에 걸터앉아 초록 비둘기를 날리는 학이와, 우리는 동시에 마르를 보았다. 우리 앞엔 화려한 꽃으로 장식한 마르가 서 있었다. 아까보다 더 풍성해진 꽃다발을 한 아름 안고, 일부러 헝클어 놓은 듯한 머리에는 여기저기에 보라색 꽃이 꽂혀 있었다.

"나 우리 언니 같지 않냐?"

마르의 즐거운 웃음소리가 하늘까지 퍼져 나갔다. 아빠 없는 아이를 낳았고, 동네의 웃음거리가 되었고, 아이가 없어지고, 얼마 후 아이 엄마는 정신을 잃었다. 그런 언니를 부끄러워하지 않는 마르가 나는 기특하고 대견했다. 끝날 것 같지 않은 불행 속에서 마르는 겨자씨만큼도 안 되는 행복을 선택했다. 그 겨자씨만한 행복이 마르가 살아갈 수 있는 희망이었고, 미래였다. 마르의 씨앗은 삶의 웃음을 먹고, 감사를 마시며 무럭무럭 자라나고 있었다. 불행이란 어둠을 완전히 덮어 버릴 만큼 넓은 잎사귀를 내고, 은총 속에 꽃을 피우고, 새들의 안식처로 사랑 받으며, 지친 사람들이 휴식을 취하고, 가난한 사람들이 열매를 얻는 그런 나무로 말이다.

아빠는 우리가 행복하기 위해서 태어났다고 했다. 행복은 특권이 아니라 선택이라고 했다. 그냥 행복을 선택하면 된다고 했다. 좋은 물건을 선택하듯이 말이다. 그러나 슬픔이 자신의 인내의 범위를 넘어서 파도처럼 덮쳐올 때 억지로 이겨내려고 웃지는 말라고 했다. 그냥 힘을 빼고 울기도 하라고 했다. 나는 그날 담이와 학이에게 말해 주었어야 했다. 견디기 힘든 상황을 자신의 것으로 받아들이지 말라고. 자신의 아름다운 영혼을 해치지 말라고 말이다. 차라리 내 영혼을 해하려고 노려보는 상황을 탓하라고. 그리고 가볍게 배구공을 토스하듯 비겁한 환경을 하늘로 날려 보내라고.

하늘은 우리의 사연을 가슴에 담아 별을 만드는 능력을 가지고 있다. 안드로메다, 저 별의 어머니가 우리의 아픔을 하늘에 담아 자신의 넓은 가슴에 새겨 넣고 있었다. 하늘에서 촉촉이 비가 내릴 때, 그것은 세공사가 조심스럽게 보석을 다루듯, 우리의 사연을 읽던 별의 어머니의 우리를 향한 긍휼의 눈물이었다는 것을 알았어야 했다. 그래서 내 어깨에 짊어진 무거운 짐을 일찌감치 하늘로 올려 보냈어야 옳았다. 그것은 하늘을 바라보며, 어깨를 펴고 큰 숨을 내쉬면 되는 아주 쉬운 일이었다. 그러면 우리의 마음 골짜기 깊은 곳에 숨어 있던 사연들은 전설 같은 어머니를 향해 날아가고, 내 아픔은 신화가 되고, 전설이 되어 그저 동화 속의 이야기로만 존재하게 될 것이다. 오늘도 우리의 사연이 무수한 별들이 되어 하늘에 보석처럼 박혀 있지 않은가? 나의 슬픔을, 별을 보듯 바라보면 슬픔도 보석처럼 아름다울 수 있다는 것을 하늘을 보며 배울 수 있을 것이다.

# 숲 속에 숨겨진 그 은밀한 비밀

담장 너머로 곱게 빗은 머리가 솟아올랐다가 갑자기 사라진다. 칭얼대는 소리와 솟은 머리 뒤로 졸졸 따라오는 목소리로 보아 이장님 댁 세 명의 손자들이 분명했다. 이 형제들이 우리 집 앞에 멈춰 섰다. 형의 등에 붙어 다니던 막내가 비장한 각오를 한 듯 두 발로 땅을 디디고 서 있었다. 침으로 범벅이 된 손가락을 빨면서 형사 같은 눈빛으로 나와 경수를 번갈아가며 쏘아본다.

"신비야, 선생님이 조사하라던 산나물 뜯으러 안 가니?"

"산나물 캐라고는 안 하셨잖아?"

저 어린 막내가 짧고 오동통한 두 다리로 겨우 서 있는 것이 하도 깜찍해서 꼭 안아주고 싶었지만, 이유 없이 나를 쏘아보는 막내를 나는 어이없이 쳐다보며 대답했다.

"캐서 볶아 먹고 삶아 먹지 뭐. 아님, 나랑 내다 팔래?

막내에게 꽂혀 있던 나의 어이없는 시선이 큰형에게로 옮겨갔다. 그렇지 않아도 지루한 오후를 보낼 생각에 따분해 하던 나는 그 삼형제를 따라 나섰다. 들뜬 걸음으로 마을을 벗어나기 시작할 때, 태양이가 집에 두고 온 것이 있다며 잠시 기다리라고 한다. 그리고는 막내를 번쩍 들어 올려 옆구리에 끼고는 쏜살같이 제 집 방향으로 뛰어간다.

홀가분하게 혼자 돌아온 태양이의 어깨에 작은 망태기가 얹어 있었다. 서울이 고향이라는 이 아이는 삼 년 만에 이곳 원주민이 다 된 듯했다.

"가을 산나물에는 쑥부쟁이, 나물, 곤드레, 고들빼기 이런 게 있단다. 사진보고 비슷한 거 있으면 얼른 뜯어라."

성의 없이 인쇄된 사진들을 성의 없이 훑어보았다. 우리는 숲 속으로 우아하게 나 있는 능선을 따라 산으로 들어섰다. 태양이는 긴 막대기로 산행을 가로막는 이파리들을 헤치며 내게 길을 내준다. 나는 길가 옆에 피어난 들꽃들을 손끝으로 만지며 걸었다.

나는 우리가 행복을 찾아 나선 남매 같다고 생각했다.  나는 내 우주 속 깊은 마을에서 행복의 파랑새를 끌어 올렸다. 사나운 맹수와 거칠게 몰아치는 비바람을 견디며, 위험한 숲 속에서 우연히 마주친 매혹적인 그녀가 마침내 사악한 마녀라는 것을 깨닫고, 죽음의 늪에서 도망쳐 시골집으로 귀향하는 남매를 반기는 건 다름 아닌 파랑새였다. 그러한 교훈을 주는 이야기, 그러나 맹랑하게 각색한 나만의 동화를 나는 숲길을 산책하며 만들어가고 있었다. 히죽 히죽 웃으면서 말이다.

나는 태양이에게 파랑새를 찾아 나선 치르치르와 미치르가 된 것 같지 않느냐고 물었다. 그 말에 태양이가 가던 길을 멈추고 나를 돌아본다. 역광으로 얼굴의 윤곽을 선명하게 드러냈지만, 표정을 감지 할 수 없는 그늘진 얼굴에는 따사로운 미소가 얼핏 스치며 지나갔다.

"파랑새? 조기도 파랑새, 요기도 파랑새. 파랑새 천지구만. 너의 파랑새는?"

파랑새의 평범한 결말을 이미 알고 있는 태양이의 도덕적이지만 단순한 교훈이다. 여기저기를 막대기로 가리키며 행복해 하는 태양이 앞에서 나는 선뜻 입을 열 수가 없었다. '저 단세포가 이해할 수 있으려나?' 싶다.

'나는 우리가 아는 결말이 아니라, 어린 남매가 용기 있게 숲 속을 헤쳐 나가는 모험 정신과 새로운 세상에 대해 알고자 하는 탐구욕, 거기에다 정신적인 독립을 향해 가는 과정을 얘기하고 싶은 거야. 이 바보야!'

입안에서 우물대던 문장들이 연기처럼 스멀거리며 흩어져 갔다. 그리고는 목구멍으로 꼴까닥 하고 넘어간다. 침 넘어가는 소리가 크게도 들린다. 만약 그 소리가 태양이의 귀에까지 들렸다면 저 단순한 태양이는 내가 긴장감에 떨고 있다고 생각할지 모른다. 그리고 바위에 기대어 이를 쑤시고 앉은 배부른 이리의 미소를 지을지도 모를 일이다.

나는 풀숲에서 한 걸음 떨어져 단순하고 착한 이리를 바라보며 생각했다. 혹여나 나의 추상적인 감성, 바람처럼 스치는 영감, 그것에 대한 간접적인 표현이 나를 부자연스러워 보이게 하는 것은 아닐까? 현실감이 떨어진 비유, 직접적인 해석이 어려운 은유. 그것은 어릴 때부터 공상과 현실 사이를 자유롭게 드나드는 내 마음 속 우주가 낳은 열매들이었다. 그 때문에 상대방이 내 표현에 대해 반감을 갖거나, 오해를 한다거나, 의구심을 품으면 내가 가진 진실이나 의견, 혹은 감정을 피력하기 위해 적극적으로 행동하는 노력이 부족한 나의 소심한 성격은 양구에서도 여실히 드러났다. 그래서 그나마 이곳에서 가장 가깝게 지냈던 태양이와도 생각의 담을 쌓고 있었다. 나는 그럴 때마다 그저 하늘을 올려다 볼 뿐이었다. 높이 떠 있는 구름이 하얗게 미소 짓고 있다.

'괜찮아, 이 소심쟁이야.'

오늘도 하늘은 나를 위로하고 있었다. 이파리들 사이에서 금빛으로 찰랑이는 햇살이 우리를 가볍게 안아 그림자로 길게 내려앉는다. 몇 년 후, 어른이 되어서 지금 이 순간을 추억할 우리들의 모습을 감추어 놓고 말이다. 나무들 사이를 떠돌던 바람은 단풍나무가 곧 친구들을 불러 모을 거라는 숲 속의 비밀들을 내 귓가에 속삭이며, 상쾌한 입김을 불어 넣고는 서울 하늘로 날아올랐다. 오후의 숲 속 풍경은 퇴근하고 돌아오는 아빠처럼 따스하고 그리운 고향의 얼굴을 하고 있었다. 앞서간 태양이가 망태기에서 신문들을 꺼내고 있었다. 그리고 비교적 신문을 넓게 깔아 놓더니, 내게로 빨리 오라는 손짓을 보낸다. 나는 가까이 다가가 신문 끄트머리에 살짝 걸터앉았다. 태양이는 요술램프 같은 망태기에서 투박한 봉투에 담긴 물건들을 하나둘 꺼내 놓았다. 치킨과 김밥, 사이다, 콜라, 감자칩이었다. 마치 봄 소풍을 온 것 마냥.

그날, 양탄자가 된 신문 위에 앉아 알라딘이 건네주는 기름진 닭다리를 받으며 재스민 공주가 된 나는 진짜로 요술램프의 터줏대감 지니가 나오지는 않을까 하여 망태기 안을 들여다보았다. 어제 읍내 가서 사 왔다던 닭튀김은 기름이 너무 많으면 먹지 말라며 내 앞으로 사이다를 내민다.

가슴에서 따스한 바람이 불어왔다. 신비스러운 소년이다. 이아이의 동화 같은 얼굴은 잊고 지낸 잠자는 숲 속의 공주를 떠오르게 했고, 검붉은 머루를 건네주는 이 아이의 손길은 잃어버린 엄마와의 추억을 보랏빛 물보라처럼 일으켰다. 투명한 물방울처럼 떠오르던 추억들이 물결을 이루고 강들을 만들며 드넓은 바다로, 바다로 나를 휘감아갔다. 그 기억들은 한 점의 의심도, 의혹도, 슬픔도 스며 있지 않은 깊은 골짜기에서 비밀스럽게 자라난 순결한 머루의 즙처럼 진했고 달콤했다. 꿈을 꾸듯 피어오르는 풀들 위로 가을의 햇살이 황금빛 날개를 드리우고 있었다.

숲 속 호숫가의 사건과 가을 소풍을 함께 보낸 이후로, 태양이는 나와 퍽 친밀감을 느끼고 있었다. 물론 나 역시 태양이와 같은 마음이었지만, 표현력이 부족한 성격 때문인지 나는 친근함을 딱히 표현하지도 못했다.

"신비야, 계곡에 단풍지기 시작한단다. 내 동생들하고 안 가볼래? 올해는 더 멋지다더라."

"됐어, 할머니가 걱정하셔."

태양이를 무안하게 하는 대답이라는 것은 알았지만 내 마음은 그렇지 않다는 것을 알아 주었으면 하고 나는 바란다.

숲 속의 재스민이 된 그날 이후로 나는 종종 숲 속의 꿈을 꾸었다. 가을 저녁 주홍빛 노을이 골짜기에서 넘어오면, 단풍이 짙어지는 숲 속 어디에선가 나를 부르는 듯하여 마음이 조급해졌다.

'곧 해가 질 텐데…… 밤이 시작될 텐데……'

지저귀는 새들이 안식처로 돌아가고 밤의 정적을 깨기 싫은 계곡물이 수줍게 흘렀다. 모두가 잠든 밤 한가운데 소리 없이 부활의 새벽을 준비하는 숲 속 친구들이 하나둘씩 일어나기 시작했다. 계곡 바위 옆에서 진달래색으로 물들어 가는 취기어린 부용이 고개

태양이와 나는
비밀스러운 숲 속으로 걸어
들어갔습니다. 꽃과 나무가
춤추듯이 다가와 우리를 반깁니다.
깊이, 더 깊이 우리의
세계로 들어와,
우리의 얘기를 들어 보라고.

를 들며 들국화의 안부를 묻는다.

"얘들아, 너희들 오늘 사진 많이 찍혔지?"

"그래, 우리들을 보더니 시를 읊어대는 사람도 있지 뭐야? 한 송이 국화꽃을 피우기 위해 봄부터 소쩍새는……."

잠에서 깨어 이제 막 피기 시작하는 분꽃이 시무룩하다.

"우리가 이렇게 밤에 예쁘게 피어난다는 걸 사람들에게 자랑하고 싶어요. 나도 사람들을 감동시켰으면 해요."

머리카락처럼 내려오는 나팔꽃 줄기를 어깨 죽지에 올려놓으며 대가족의 란타나 꽃잎들이 합창을 한다.

"키다리 소나무 아저씨, 오늘 등산객들이 많던데 기분 좋으셨지요?"

"오랜만에 기분 최고였어. 저기 단풍나무들 덕에 덩달아 바빠졌지 뭐야 저기, 누이, 아까 누이 곁에도 사람들이 많던데 괜찮아요?"

"사람들만 좋다면 나는 좋아. 우리는 사람들을 위해 태어난 걸……."

"겨울이 오기 전에 사람들을 위해 마음껏 가을을 즐겨요 우리. 산딸나무 처녀처럼요."

"호호호. 그래요. 하나님이 사람들을 위해서 우리에게 꽃을 피게 하시고 열매도 맺게 해주시니 감사할 뿐이죠. 우린 묵묵히 우리가 태어난 목적을 위해 살아갈 뿐이에요. 오직 외길, 땅을 향해 뿌리를 내리고 하늘을 향해 잎을 펼쳐나가지요. 우주의 법칙과 질서에 따라 사람들을 위해 충실히 살다가 후회 없이 죽어가야지요. 신의 섭리대로."

산딸나무 처녀의 얘기에 잠시 침묵이 흐른다. 그리고 늘 말이 없는 금작화가 오랜만에 입을 열었다.

"우리가 이렇게 자신들을 사랑한다는 것을 사람들은 알까요? 우리들이 사람들의 추상적인 감정들을 자연을 통해 현실로 이루어지도록 한다는 것을요. 우리의 생명을 다하면서까지. 사람들이 그토록 원하는 천국을 자연을 통해 느끼고 보았으면 해요. 그러면 그들은 우리의 숨결에서 신의 마음을 헤아릴 수 있지요. 신의 인간에 대한 무한한 사랑과 한없는 지혜를 말이죠. 그 신의 사랑을 깨달은 자들은 지상과 천국 사이의 완전한 조화를 이루고 살아가게 되겠지요. 천국을 상속받는 특별한 사람들이 되는 겁니다. 그래서 그들은 지상에서도 천국에 사는 것처럼 살아갈 수 있어요. 자신과 세상의 한계를 초월해서요."

늘 사색에 잠겨 있던 금작화가 오랜만에 많은 얘기들을 했다.

"지상에서 천국을 발견한 그들이 천상의 음악을 만들고, 천사의 그림을 그리고, 천국의 언어로 글들을 써 나갈 수 있어요. 그들에 의해 사람들은 베일에 가려진 천국을 상상하고, 사랑과 믿음 속에 소망을 품게 되고요."

소나무 누이가 소심한 금작화의 용기에 힘을 주기 위해 말을 이었다.

"신이 사람들을 위해 우리를 창조한대로 우리는 순종하며 살아가요. 신이 인간을 사랑과 모성을 가지고 창조한 것처럼요. 신의 목적대로 살아간다는 것이 가장 큰 축복임을 잊지 않았으면 해요."

가만히 듣고 있던 산국이 언제 깨어났는지 기지개를 켰다.

"그러나 우리는 사람들을 이해해야 해요. 현실적인 고통에 눈이 가려진 대부분의 사람들이 천국을 소유한다는 것은 어렵겠죠. 가슴으로 받아들이는 것이 어려워요. 그러나 천국을 소유한 사람들의 마음에는 신의 그림자가 투영된 사랑과 용서가 있어요. 그것은 현실의 장벽을 넘게 하는 힘이 되지요. 우리들은 사랑 없이도 지상에서 천국처럼 살아갈 수 있는 용기가 있지만, 인간은 공기를 마시는 것처럼 사랑을 주고받아야만 살 수 있는 존재에요. 그들에겐 그 어떤 것도 사랑 없인 불가능해요. 우리와는 다르게 신의 형상대로 사랑을 통해 만들어진 특별한 존재들이니까요. 만물 중에 가장 강한 것 같아도 가장 약한 것이 인간이에요. 그래서 우리는 언제나 그들을 기쁘게 해줘야 해요."

모두들 고개를 끄덕였다.

"쉬잇. 조용히 해봐요, 다들. 어디서 트럼펫 소리가 들리는 것 같은데.”

소나무 아저씨가 어깨를 움츠리며 작은 나뭇가지 하나로 입을 막는다.

“두루미 울음소리인가? 두루미가 이곳을 지나가려면 이달 말은 되어야 하는데…….”

누이가 고개를 갸우뚱한다.

그런데 저 멀리 빨간 모자를 쓴 어린 두루미 한 마리가 날개를 퍼덕이며 씩씩하게 날아오고 있었다.

“아이고 힘들다. 겨우 다 왔네요. 여기가 비무장지대 근처이지요?”

깜짝 놀란 란타나 가족이 몸을 흔들며 합창을 한다.

“비무장지대는 북쪽으로 이십 분은 날아가야 해.”

두루미의 얼굴이 금세 잿빛으로 변했다.

“글쎄, 아빠, 엄마를 잃어버렸지 뭐에요? 시베리아에서 태어났는데 겨울이면 이곳으로 오신다기에 물어물어 왔어요.”

호기심으로 가득한 눈빛의 친구들이 따스한 온기를 품으며 아기 두루미를 감싼다. 독수리의 날카로운 발톱을 경계하고 끝이 없을 것 같던 절망의 눈보라를 이겨낸 어린 두루미의 눈에 눈물이 글썽였다. 씩씩하기만 한 두루미가 눈물을 흘리는 모습을 보니 이제야 아기 두루미다웠다.

숲 속 친구들은 여기저기서 두루미의 잠자리를 마련하고 먹을 것을 준비해 주었다. 아기 두루미는 친구들의 친절함에 긴장이 풀렸는지 스르르 잠이 들려 하더니 갑자기 눈을 뜨며 긴 목을 쳐든다.

"참, 마을 어느 집에 여학생이 마루에 걸터앉아 하늘만 바라보고 있던데. 나를 보고 얼마나 반가워하던지……."

"참, 소나무 아저씨, 여기서 신문지 깔고 치킨 먹던 학생들 생각나세요?"

검은 밤하늘에 하얀 입김을 내뱉으며 취부용이 올려다본다.

"치킨 먹던 학생들? 아아! 그 잘생긴 남자애랑 곱상한 여자애? 그러고 보니 보고 싶네."

# 노인이 되신 예수님

수업이 없는 토요일 오후에 난 결심을 했다. 단풍이 짙다던 숲 속을 보러 가야겠다. 그리고 아빠가 오시면 숲 속에서의 용기 있는 내 모험담을 들려 줘야겠다. 능선을 따라 숲 속 입구로 발을 내딛었다. 침묵하던 숲이 흠칫 놀라며 나른하게 졸던 친구들의 어깨를 흔든다. 발을 디디는 곳마다 미풍이 일렁이며, 나뭇잎들이 금빛, 은빛으로 떨리기 시작했다. 숲 속에서 도미노 현상이 일어나는 것이다. 잠자리의 안내를 따라 억새들의 환영을 받으며 짙어지는 가을 숲의 정취에 홀려 비밀스러운 걸음을 걸었다. 아빠와 함께 피아노학원에서 집으로 돌아오던 길이 떠올랐다. 갑자기 아빠가 보고 싶어졌다.

"엄마가 섬 그늘에 굴 따러 가면 아기가 혼자 남아 집을 보다가—."

계곡 아래에서 가느다란 노랫가락이 흘러들어 왔다. 가만히 들어보니 노래는 이중창이었다. 선창을 하면 누군가가 뒤따라 부르고 있는 것이다. 나는 노랫소리가 나는 방향으로 고개를 돌렸다.

계곡 아래에는 햇빛이 눈부시게 밝았다. 풀숲 사이를 헤치고 개울물이 콸콸 흘러가고, 돌 사이로 도마뱀이 팔짝팔짝 뛰어다녔다. 햇빛을 안고 아른거리는 나뭇잎 사이를 작은 새 몇 마리가 숨바꼭질을 하듯 날아다니고 있었다. 그 한가운데에 태양이가 막내를 업고 자장가를 불러주고 있었다.

막내는 눈에 힘을 주어 밀려드는 잠을 물리치는가 싶더니 급기야 큰 숨을 내쉬며 머리를 떨구었다. 나는 막내의 잠을 깨울까 봐 조심스럽게 태양이 곁에 다가가 어깨를 건드렸다. 깜짝 놀라 돌아본 태양이가 손가락으로 입을 가리며 무언의 신호를 보낸다. 막내는 태양이에게 꼬마 대장이었다. 태양이의 노랫소리가 그치자 뒤따라 부르던 노랫소리도 따라서 멈췄다. 태양이가 개울 위를 손가락으로 가리키며 내게 한쪽 눈을 찡긋한다. 그 손가락이 향하는 곳에는 우리가 있는 십여 걸음 위로 초라한 행색을 한 여인이 앉아 있었다. 멍한 눈으로 개울을 바라보고 있는 그녀는 마리아였다. 여전히 까치집 같은 머리에는 보라색 꽃이 꽂혀 있었다. 그런데 오늘은 낡은 솜 인형 하나를 가슴에 품고 있었다. 거칠고 투박한 손가락이 천천히, 그리고 쓸쓸히 솜 인형의 헝클어진 머리칼을 쓸어내렸다. 나는 갑자기 가슴이 먹먹해 왔다. 무어라 표현할 수 없는 감정이 물결처럼 밀려오는 것이다.

"저 누나, 죽은 애기를 이 개울가에 묻었대."

나는 태양이의 목소리에 퍼뜩 정신을 차렸다.

"왜 하필 개울가야? 애기가 물에 휩쓸려 갈 텐데?"

"그때는 이 개울물이 말랐었대나 봐. 저 옆에 작은 십자가 보이지?"

태양이는 마리아가 앉은 옆에, 보일 듯 말듯하게 꽂혀 있는 작은 나무십자가를 가리키며 계속해서 이야기를 들려주었다.

"축복 받지 못하고 태어난 이 아이를 어떤 목사님 한 분이 이곳에서 장례 예배를 드려줬대."

그때, 내 눈에 죽은 딸아이를 업고 가는 목사님의 등 뒤를 넋이 나간 마리아가 따라서 걷고 있는 모습이 그려졌다. 맑은 얼굴의 목사님은 등에 업힌 아이를 포대기에 내려 놓았다. 그는 미리 준비해 온 삽을 가지고 마른 개울 옆을 한참을 파고 내려갔다. 목사님의 얼굴에 땀방울이 눈물처럼 떨어져 내렸다. 누워 있는 아이의 몸에 하얀 베옷이 입혀지고 칭얼대지도 않는 온순한 아이는 마지막으로 엄마의 품에 안겼다. 깊이 잠이 든 아이의 작은 머리가 엄마의 팔 아래로 힘을 잃고 떨어졌다.

허공을 응시하던 마리아의 시선이 천천히 아이에게로 옮겨갔다. 한참 동안 아이를 바라보던 마리아의 눈에서 한줄기 눈물이 흘러 내렸다. 그것은 피눈물이었다. 장례식이 끝나자, 마리아는 아기를 쌓았던 포대기를 가슴에 끌어안고 비틀거리며 산길을 내려갔다.

그 모습을 지켜보며 손수건으로 얼굴을 훔치는 목사님은 몸을 돌려 산길을 오르기 시작했다.

"그런데 이상하지? 아기가 묻히고, 그 다음 해부터 마른 개울에 다시 물이 흐르기 시작했대."

태양이가 이리저리 주변을 살피면서 무언가를 찾는가 싶더니, 풀숲 사이에서 마른 나무 막대기 두 개를 찾아왔다. 그리고는 두 막대기를 십자가 모양으로 겹치더니, 긴 풀 하나를 꺾어 가운데 부분을 동여매기 시작했다. 마른 막대기는 금세 생명력을 지닌 작품으로 탄생했다. 태양이가 이 생명체를 내 코 앞으로 들이민다. 십자가와 함께 태양이의 얼굴도 따라왔다. 나는 본능적으로 뒤로 물러섰다. 젖소처럼 말이다. 순수함의 경계선이 어디인지 오늘도 나를 혼란시키는 태양이는 눈빛하나 움직이지 않으며 내 눈을 응시한다.

"십 년도 더 된 일인데, 저 십자가는 홍수가 와서 개울물이 불어나도 꼼짝 않고 그 자리를 지킨대."

조금의 미동도 없던 태양이의 눈빛이 갑자기 흔들리기 시작했다.

"그래서 저 누나가 아기가 묻힌 장소를 찾을 수 있다지? 저 십자가에 아기의 영혼이 실려 있다고 동네 사람들이 수근대더라."

우리는 동시에 마리아에게로 고개를 돌렸다. 치마가 젖는 줄도 모르고, 넋을 잃고 앉아 있는 여인을 우리는 한동안 바라보았다.

마리아의 몇 가닥 머리칼이 바람에 흩날렸다. 나뭇잎처럼 흘러내리는 머리칼 사이로 봄날의 벚꽃 같은 햇살이 하얗게 퍼져 나갔다. 잠시 여인의 입가에 행복한 미소가 번졌다. 마리아는 무슨 생각을 하고 있었을까? 나는 마리아에게 다가가고 싶었다. 그러자 그것을 느낀 태양이가 내 팔을 잡으며, 나를 만류한다. 태양이는 부드러운 미소를 지으며 연민과 위로가 가득한 얼굴로 마리아와 나를 번갈아 바라보았다. 그리고는 곧 화두를 바꾸기 위해 말을 이었다.

"저기 위에 교회 하나 있다더라. 사람들이 산대. 가볼래?"

태양이가 먼저 산 위로 발걸음을 옮기는가 싶더니 돌아서서 내게 풀잎으로 엮은 나무 십자가를 내민다. 나는 무언의 동의 표시로 십자가를 받아들었다. 곤히 잠든 꼬마 대장을 업고 우린 계곡 위로 난 길을 향해 걸었다. 그렇지 않아도 할머니에게 옛날에 산부처라 불리던 예수쟁이들이 기도하는 곳이 있다는 얘기를 얼핏 들은 기억이 있었다. 얼마나 깊이 들어왔는지 헉헉대고 올라가는 내 이마에서는 땀방울이 흐르고, 어느 새 다리의 힘은 풀려가고 있었다. 나는 돌아가고 싶은 충동을 느끼며 앞서 걷고 있는 태양이를 향해 고개를 들었다. 그때, 이마를 훔치는 태양이의 팔사이로 왠지 음울해 보이는 낡은 건물이 눈에 들어왔다.

태양이가 걸음을 멈췄다. 말없이 앞을 응시하는 태양이에게 보물을 찾은 소년의 기쁨보다, 두려운 존재 앞에 선 순례자의 경외심이 느껴졌다. 아아— 난 영원히 그 풍경과 그 느낌을 잊지 못할 것이다. 가까이 다가갈수록 낡은 교회의 모습은 고풍스럽고, 고즈넉하며, 아주 우아해 보이기까지 했다. 신에 대한 경외심을 잃지 않고, 가난하지만 세속과 타협하지 않으며, 신의 명예에 자신의 삶을 일치시키려 고행을 선택한 늙은 백작의 모습으로 오래전부터 우리를 기다리고 있던 것처럼 고고하게 서 있는 것이다.

고성 같은 교회의 건물 주변으로 비닐하우스와 넓은 들판이 그림처럼 펼쳐져 있었다. 어디선가 나타난 산양 한 마리가 들판을 가로질러 숲 속으로 펄쩍펄쩍 뛰어 갔다. 그리고 풀숲을 헤치고 들어가는가 싶더니, 경사진 바위 옆에 서서 뒤를 돌아본다. 그 뒤를 다른 산양 한 마리가 수컷을 향해 뛰어 오고 있었다. 재회한 한 쌍의 산양은 잠시 머뭇거리는가 싶더니 뒤도 돌아보지 않고, 비밀스러운 숲 속으로 들어가 버렸다. 산양들은 한낮의 평화로운 숲을 마음껏 즐기다 숨겨 놓은 자기들만의 집으로 돌아가는 길이었나 보다. 그때, 갑자기 옆에서 경박한 웃음소리가 들려왔다.

"흐흐. 좀 으스스하지 않니? 저 땅속에 죽은 시체들이 우글거리는 건 아니겠지? 비오는 날 왔으면 재밌었겠다. 히힛."

나의 신선한 충격과 진한 감동이 태양이의 말과 웃음소리에 풍선처럼 터져버리는 순간이다. 나는 키득키득 거리며 내게 웃음을 요구하는 태양이의 얼굴을 안타깝게 쳐다보았다. 그러다가 고개를 돌려보니 나무줄기 사이로 몇 사람이 밭에 나와 일하는 모습이 보였다. 이런 깊은 산중에, 오래된 교회의 모습이 마치 시공을 초월하여 존재하는 마법에 걸린 마을처럼 신비롭기만 했다. 때마침, 인기척을 느낀 마술사 같은 모습의 한 아저씨가 우리를 돌아보았다. 작은 키에, 둥그스름한 얼굴, 통통한 체형은 그야말로 책에서 보던 마술사 같은 모습 그대로였다. 그는 들고 있던 연장을 내려놓고 우리에게로 몸을 돌렸다. '오늘 한 끼가 해결되었다'는 살기어린 미소를 짓는 그가 우리를 향해 걸어오기 시작했다. 걸어오는 모습을 보니 한쪽 다리를 많이 저는 아저씨였다.

"저기 산 아래 마을서 놀러온 학생들이구만. 반가워요."

밭에서 일하던 마술사의 노예들이 일손을 멈추고 걱정스러운 눈길로 우리를 쳐다보았다. 마법에 걸려 새와 동물들로 변한 사람들이, 아니 짐승들이 도움의 몸짓을 청하며 우리 둘 주변으로 하나둘 몰려들 것 같다. 이런 낯설고 무서운 무대의 주인공이 된 나는 뒤로 도망칠까 싶었다. 이런 곳에서 사람을 잡아다가 일을 부려먹고 반항하면 쥐도 새도 모르게 죽인다는 소문도 있지 않은가? 어차피 내리막길은 쉽다. 막내를 업고 뛰는 태양이보다 내가 더 앞설 테고, 둘 다 잡히느니 남자인 태양이를 잡아가는 게 이곳에선 여러모로 유익이지 않을까? 태양이를 결박한 사람들이 멀리 도망가는 나를 보고, 발을 동동 구르며 분해하는 장면이 그려졌다.

　　머릿속에서 온갖 영화의 장면을 그리며, 눈치만 살피고 있을 때 태양이가 갑자기 내 팔을 잡더니 자기 뒤로 힘껏 끌어당겼다. 본능적으로 강해진 팔의 힘 때문에 얼떨결에 내 몸도 같이 끌려갔다. 나는 태양이의 넓은 등 뒤에서 잠에 곯아떨어진 막내와 함께 숨겨진 것이다. 태양이의 팔에 힘이 느껴졌다. 나만 도망가는 일은 없을 거란 뜻인가?

　　"겁낼 것 없어요. 안 잡아먹으니까, 안 그래도 먹을 것이 넘쳐나는 곳이니. 하하하."

　　내 안의 두려움을 읽은 작은 키의 마법사가 사람 좋은 웃음을 웃는다.

　　"여긴 교회예요. 우연히 들렀어요?"

　　"숲에 단풍이 멋지다기에 구경 왔어요."

　　나는 태양이의 씩씩한 태도에 조금은 안심이 되어 찬찬히 주변을 살펴보았다. 교회의 뒷마당에는 할아버지의 비닐하우스보다 꽤 커 보이는 비닐하우스가 있었다. 안을 들여다보니 조롱박 같은 오이들이 포도송이처럼 매달려 있었다. 물탱크가 비닐하우스의 보호 속에 자라는 오이들에게 생명수를 뿜어내고 있었다. 그 모습은 보기만 해도 아찔하고, 시원했다. 마당에는 빈 목초액 통들이 뒹굴고 있었다. 할아버지 말씀에 의하면 목초액은 농약대신 사용하는 친환경 살충제라고 했다. 굴러다니는 목초액 빈통들이 세상과 소통되고 있다는 느낌을 주며 내게 이곳에 대한 믿음을 조금씩 심어주고 있었다.

교회 입구에서는 가을의 들꽃들이 맑은 하늘 위로 아름다운 향기를 풍기며 초원의 싱그러움 속에서 한창 피어오르고 있었다. 길 잃은 청소년들을 감옥살이 시켜 놓을 거란 의심이 깨끗이 사라졌다.

"처음 보는 사람은 놀라지. 이런 골짜기에 교회가 있다는 걸."

예전엔 마을 화합의 상징적인 장소였다던 이곳이 예수교를 믿는다는 이유만으로 핍박을 받은 일제 식민지 시절 직후 많은 사람들에게 잊혀진 장소가 되었다고 했다. 역사 속에 전설처럼 기억되는 산부처들의 기도처가 내 눈 앞에 거짓말처럼 펼쳐져 있었다.

"저 쪽으로 찻길이 있지 않나요? 예전에 부모님이랑 차타고 왔던 기억이 있어서요."

태양이가 작은 눈을 반짝이며, 마법사에게 물었다. 내게 일언반구 없이 이곳을 처음 발견한 양 순진한 표정을 지어대던 이 음흉한 녀석의 얼굴을 나는 뾰족한 실눈을 하고 쳐다보았다. 이 동화 속 소년과 우연의 일치치고는 우리의 시간은 너무나 자주 일치했다. 내 눈길을 느낀 엉큼한 녀석이 고개를 갸우뚱하고 눈동자를 하늘로 굴리며 "어라, 여기가 아니었나?" 한다.

정신을 똑바로 차려야 했다. 그날 알라딘에서 음흉한 녀석으로 변한 이 녀석의 시나리오에 아무래도 내가 휩쓸려 다니는 것 같았다. 동화 같은 얼굴을 한 이 녀석 속엔 수십 마리 능구렁이가 들어 있는 것이 분명해 보였다. 그도 그럴 것이 곧 열일곱 살의 남학생이 갓 돌 지난 막내를 업고 동네를 얼마나 천연덕스럽게 활보하는가? 이 당돌한 열일곱 살 소년은 동네 사람들에게 자기네 형제의 요상한 모습을 얼마나 자연스러운 풍경으로 일반화시켜 놓았는가 말이다.

"그 이장님 댁 손자들 좀 봐라. 큰형이 막내를 업고 다니고. 어찌나 의가 좋은지……."

태양이가 동네와 학교에서 두터운 신뢰를 얻을 수 있는 일등공신은 바로 세상모르고 잠들어 있는 막내인 것이다. 태양이가 훔친 물건을 손에 쥐고 있더라도 막내가 업혀 있는 한, 물건 잃은 주인은 손수건으로 눈가를 훔치며 떨리는 손으로 한사코 손사래를 칠 것이 분명하다. 춥고 배고프던 어린 시절을 추억하며 향수에 젖어 이 형제의 이야기를 자기 마음대로 각색하기에 얼마나 좋은 그림이던가!

그런 생각을 하며 나는 소리 없이 교회 문을 열고 안으로 들어갔다. 문 입구에 이 교회를 세운 미국인 선교사를 소개하는 소박한 액자가 걸려 있었다. 서늘하고 고요한 복도를 따라 몇 개의 방이 있었다. 나는 복도 끝 왼쪽의 빠끔히 열린 문 사이로 빛이 들어오는 방 앞에 멈추어 섰다. 그리고 조용히 방 안을 들여다보았다. 그 순간, 나는 누군가가 뒤에서 민 것처럼, 내 발에 걸려 넘어지며 엉겁결에 방 안으로 들어가고 말았다. 나는 바닥에 부딪힌 무릎이 아프다는 생각보다 낡은 목조의 삐거덕거리는 소리에 놀라 고개를 들었다.

나는 옆에 놓인 탁자를 붙잡고 엉거주춤 하며 일어났다. 눈이 부시도록 환한 햇살에 잠시 정신이 몽롱해졌다. 예배당 정면에 어린 양 한 마리를 안고 있는 예수님이 그려진 액자가 걸려 있었다. 그가 엄숙함이 느껴지는 제단 뒤에서 나를 물끄러미 내려다보는 것 같았다. 이곳은 예배당이었다. 예배당 안에서는 오래된 나무와 회벽에서 나는 냄새가 습하지도 건조하지도 않은 공기와 함께 올라와 쾌적한 느낌을 주었고, 화려하나 요란하지 않은 스테인드글라스로 장식된 창이 가느다란 빛을 품고 다채롭게 반짝였다. 친숙하지만 낯선 엄마 같다.

참으로 이상하게, 처음 와본 이곳에서 아주 친숙하고 익숙한 평안함이 내 의식 속으로 들어왔다. 마치 잃어버린 엄마의 품속처럼, 아빠의 날개 그늘처럼, 초막 속으로, 장막 안으로 나는 무언가에 홀린 듯이 그렇게 걸어 들어갔다. 예배당의 정면에 자리한 나무 제단 오른쪽에는 오래되어 낡은 풍금이 놓여 있었다. 모서리가 까이고, 여기저기 긁힌 상처가 남아 있는 풍금이었지만, 소박하고 편안한 느낌을 주었다. 사진으로만 보던 풍금을 처음 본 것이다. 나는 예배당 안을 둘러보다가 이곳을 건축한 선교사라는 분에게 생각이 머물렀다. 무엇이 이 교회를 건축한 외국인들로 하여금 태평양을 건너 이국 만 리까지 오게 했을까? 그것도 모자라 무거운 돌들을 이고 지고 흙을 바르며 이토록 아름다운 성전을 이 낯선 땅에 지을 수 있도록 했을까? 그 원동력은 무엇이었을까?

갑자기 내 앞에 설계도를 들고 서서 고민하는 금발의 선교사가 지나가고, 산부처라 불리던 예수쟁이들이 낡은 짚신을 신고 돌들을 이고 메며 지나갔다. 한쪽에서는 검소한 아낙들이 저녁밥을 짓기 위해 장작불을 지피고 있었다. 그들의 등은 땀에 젖고, 몸에는 핏방울이 맺히고, 젖은 장작에 눈이 매웠지만 행복해 하고 감사해 하고 있었다. 나는 조심스럽게 풍금을 열었다. 그 순간 이곳을 지나쳤던 수많은 사람들의 손길이 스쳐 지났다. 그들은 한 사람 한 사람씩 내 앞으로 다가와 가만히 나를 바라본다. 그들은 호기심 가득한 시선으로 나를 보며, 내 사연들을 듣고 싶어 했다. 그리고 오랜만에 찾아온 낯선 객에게 자신들의 옛날 이야기를, 이제는 세상의 관심에서 떠나 버린 알고 싶지도, 알려고도 하지 않는 전설 같고 신화 같은 동화들을 들려주고 싶어 했다.

나는 가만히 건반 하나를 손가락으로 눌렀다. 아무 소리도 나지 않았다. 나는 풍금 밑의 페달을 밟고 동시에 건반을 눌렀다. 그제야 막 잠에서 깨어나 기지개를 켜는 듯한 무거운 소리가 울렸다. 그 둔탁한 소리는 높은 천정에 부딪쳐 순식간에 분산되어 공기 중에 흩어져 나갔다. 그 소리는 층층으로 떨어지며 맑은 메아리로 정화되고 있었다. 마치, 늙은 장인이 긴 세월을 거쳐 만든 악기의 현이 내는 소리가, 오래전에 이미 사람의 발길이 끊긴 깊은 계곡에서 잔잔히 흐르는 물소리로 변하는 것처럼 말이다. 낡은 풍금에서 울리는 소리는 인조에서 자연으로, 자연에서 천상으로, 천상에서 완전함으로 승화되고 있었다. 그리고 넓은 곳에서 협착한 곳으로, 그렇게 신의 영역으로 확장되어 갔다. 그들은 세월의 묵은 껍질을 벗겨내고, 먼지를 털며 새로운 주인을 기대하며 맞이했다. 새 주인의 심장이 쿵쾅거린다. 나는 두렵고도 황홀했다. 그 순간 내게 미지의 세계에 대한 호기심과 익숙한 것들로부터 떠나야 한다는 두려움이 교차되고 있었던 것이다. 갑자기 아빠의 모습이 떠올랐다. 절대적인 헌신의 눈빛, 그리고 차마 볼 수 없었던 그래서 의식하지 않으려 했던 아빠의 뒷모습. 그리고 그 무거운 외로움 위로 불안한 눈빛으로 내 시선을 피하던 엄마의 얼굴이 아련히 떠오르고 있었다.

들꽃을 만지며 걸어가는 내 뒷모습을 나무 기둥에 기대어 지켜보는 엄마가 선명한 영상 안에서 움직이고 있었다. 엄마는 힘껏 작은 목젖으로 눈물을 삼키며, 애써 흐느낌을 감추었다. 그러나 곧 나무기둥 밑으로 쓰러지듯 주저앉아 버렸다. 엄마의 가냘픈 어깨가 잔잔하게 떨려왔다. 얼마나 오랜 시간 얼마나 많은 눈물을 삼키고 있었는지 엄마는 어린아이처럼 흘떡였다. 엄마의 눈에서 한 줄기 눈물이 흘러내렸다. 엄마는 떨리는 손으로 가슴을 쓸어내기 시작했다. 가만히 쓸어내던 손길이 점차 빨라지며 급기야는 가슴을 치고 있었다. 엄마는 기어이 참았던 눈물을 쏟아내고 말았다. 엄마의 붉어진 볼을 타고 눈물방울이 하염없이 흘렀다. 눈물방울이 붉은 장미 이파리처럼 떨어져 내린다. 그 영상이 너무나 선명해 장미가 된 눈물방울이 내 발 밑으로 굴러 올 것 같았다. 엄마는 마치 장미넝쿨 사이에서 울고 있는 고아처럼 보였다. 엄마를 감싸고 있는 장미넝쿨이 핏물처럼 출렁였다.

나는 이것이 꿈인가 싶어 머리를 흔들며, 주위를 두리번거렸다. 한동안 정신이 몽롱해 있을 때, 삐그덕거리며 문이 열리는 소리가 났다. 고개를 돌려 예배당 문을 보니 점점 커지는 문틈으로 노인 한 분의 건장한 모습이 보였다. 나는 풍금에서 한 발짝 물러섰다. 나는 낯선 객이었고 허락도 없이 이곳에 들어온 것이다. 그가 찬찬히 내게로 걸어왔다. 그는 이곳의 주인인 것처럼 마치 교회의 모습과 하나인 것처럼 보였다. 그가 거북하리만치 내게 아주 가까이 다가왔다. 가까이 마주선 우리는 서로 한참을 바라보았다. 그리고 우리는 서로 이방인에게 느껴지는 경계심을 갖지 않았다. 우리는 말하지 않아도 알 수 있었다. 가까이에서 본 그는 깨끗하고 맑은 얼굴을 가지고 있었고, 그의 눈은 나를 투시하고 있는 듯한 예지와 내 안의 두려움을 다스리는 따스함을 동시에 담아내고 있었다. 그리고 엷은 미소를 띤 얇고 긴 입술은 지성과 품위를 띠고 있었으며, 자연스럽게 자라난 반백의 머리는 그의 소탈한 성품을 느끼게 해 주었다. 오랫동안 그리워하던 친구를 만난 것처럼 할아버지의 입가에 명랑한 미소가 번졌다. 그리고 그는 조용한 목소리로 내게 물으셨다.

"학생, 하나님을 아나요?"

나는 갑작스러운 질문에 당황하여 아무 말도 못하고 얼어붙어 버렸다. 그것을 느낀 할아버지는 한결 더 자상한 미소를 지으며 기도를 해 주어도 괜찮겠냐고 내게 물으신다. 싱그러운 그의 미소가 나이를 짐작하지 못할 만큼 그를 훨씬 젊어보이게 했다. 나도 모르게 고개가 끄덕여졌다. 할아버지는 내 머리 위로 부드러운 손을 올리셨다.

"하나님, 당신의 어린 딸을 기억하소서."

낮고 조용한 기도였다. 그러나 죽음에 임박한 순간의 마지막 기도처럼 뜨겁고 강했다. 나는 삶의 의지가 강하게 투영된 영혼의 힘이 실린 그 기도에 의지하고 싶어졌다. 꼭 할아버지의 기도가 이루어 질 것 같다. 나는 가슴이 뜨거워졌고, 그 열기는 점차 눈가로 올라왔다. 기도가 계속될수록 할아버지의 손에서 육중한 무게가 느껴졌다. 마치 내 절박한 심정을 실은 소원의 무게처럼 말이다.

나는 가만히 건반 하나를
손가락으로 눌렀습니다.
그 순간 이곳을 지나쳤던 사람들의
손길이 스쳐 지났습니다.
그리고 잠에서 깨어나 기지개를
켜는 듯한 무거운 소리가 울렸습니다.
그 둔탁한 소리는 높은 천정에 부딪혀
순식간에 분산되어 공기 중에
흩어져 나갔습니다.

그러나 나는 곧 그의 힘과는 상관없는 어떤 권위 있는 힘이 나를
누르고 있다는 것을 느꼈다. 나는 무겁게 내려앉기 시작했고, 그 힘
에서 벗어나려는 내 의지는 마지막 힘을 내어 고개를 치켜들었다.

내 흐려진 시야에 아기 예수를 안고 있는 성모 마리아의 모습이
들어왔다. 그러나 그 모습은 느린 물결처럼 출렁이다 점점 아늑하
게 멀어져 갔다. 나는 죽은 듯이 몸을 움직일 수가 없었다. 그러나
나의 의식은 한동안 희미하게나마 현실을 인식하고 있었다. 맑은
얼굴의 할아버지는 잠자듯 누워 있는 나를 바라보시더니 살며시
일어나신다. 그리고 잠시 후, 한 여인이 내 곁으로 다가왔다. 나는
여자를 보는 순간 갑자기 긴장이 풀어져 버렸다. 그리고 그 무거운
힘에 의지했다. 나는 곧 깊은 잠에 빠져들었다. 아주 평안했고, 그
리고 달콤했다. 누군가 내 귓가에다 속삭이듯이 잠을 깨우는 느낌
이 들어 눈을 떴다. 고개를 돌려보니 내 옆에 젊은 여인이 어린애
를 업고 기도하고 있는 모습이 눈에 들어왔다. 낯익은 여인이다.
나는 지쳐 보이는 여인의 어깨에 조심스럽게 손을 올렸다.

"엄……마아, 엄마 맞지? 엄마가 여긴 웬일이야?"

기도하던 여자가 붉어진 눈시울로 나를 내려보았다.

"……우리 신비구나, 엄마 예수님께 기도하러 왔어."

엄마가 품속으로 나를 안아주었다. 그런데 이상하게 온기를 느
낄 수 없는 나는 여자의 한기에 몸이 떨렸다.

"기도? 근데 얜 누구야?"

엄마 등에 업혀 잠들어 있는 아가를 보며 물었다.

"얘? 너잖아, 신비, 너 어릴 때."

그녀는 무심히 다시 고개를 돌려 기도하기 시작했다.

"엄마, 얘가 나야? 엄마, 엄마, 엄마⋯⋯."

엄마를 부르는데 목소리가 나오지 않았다. 엄마의 어깨를 흔들고 싶은데 몸이 움직이지를 않았다.

그 순간 갑자기 어디선가 날아온 작은 빛이 하늘을 한번 순회하다가 순식간에 배가 되어 하늘을 채워갔다. 하늘이 갑자기 황금빛으로 뒤덮였다. 황금빛의 하늘 사이로 무언가 꿈틀거리더니 그 거대한 빛의 무리가 눈앞에서 폭포수처럼 쏟아져 내렸다. 그 빛의 조각들이 내 곁을 아찔하게 스쳐 지난다. 그 속도가 너무나 빨라 나는 빛 조각들에 베일 것처럼 겁이 나고 몹시 두려웠다. 그러나 날카로운 빛 조각들은 유연하게 내 몸속을 통과하여 빠져나갔다. 빛들이 몸속으로 들어올 때마다 몸이 뜨거워지고, 가슴이 울렁거렸다. 마치 내 존재가 없어질 것 같았다. 형체가 사라질 것 같았다. 먼지가 되어 광활한 우주 밖으로 내동댕이쳐질 것도 같았다. 빛의 일부가 되어 무한한 우주 속으로 빠져들어 갈 것만 같았다. 그 속에서 나는 아무것도 아니었다. 빛도, 향기도, 바람도, 안개도 될 수 없었다. 그 순간 어떤 의미도 될 수 없는 나는 먼지보다도 작은 존재

였다. 시작도 경계도 그 끝도 알 수 없는 신화 속에 버려져 고아처
럼 떨고 있을 때, 금빛으로 떨리는 빛줄기 속에 누군가의 모습이
어렴풋이 비쳤다. 마치, 아빠의 모습 같았다. 아빠가 황금빛 커튼
을 살며시 걷으며 나를 바라본다.

'네게로 가도 되겠니?'

아빠가 아름답고 겸손한 목소리로 내게 물었다. 그리고 부드러
운 입가에 자애로운 미소를 띠고, 조심스레 다가왔다. 그리고는 몇
배나 커진 것 같은 큰 손을 내게 내미는 것이다. 그의 커다란 손바
닥 한가운데에 동그랗게 패인 붉은 자국이 보였다. 그것은 못 자국
이었다. 나는 갑자기 가슴이 먹먹해져 왔다. 가슴에서 물결이 일렁
였다. 일렁이는 물결이 눈가로 올라온다. 그리고 이유를 알 수 없
는 뜨거운 눈물이 쏟아져 내리기 시작했다. 그러자 못 자국이 깊
게 패인 보드라운 손이 내 얼굴의 눈물을 닦아준다. 나는 거대하
고 따뜻한 손의 온기에 몸이 조금씩 움직이기 시작했다. 눈을 떠
보니 마당에서 태양이를 칭찬하던 사람들 사이에 내가 누워 있
었다.

다리를 저는 파수꾼이 사슴처럼 나를 내려다보고 있었고, 동백
처럼 고운 천사 한 명이 내 머리를 따스하게 쓰다듬고 있었다. 나
무 의자 밑에서 개구리로 변한 왕자님이 불쑥 튀어 올라 번쩍이는
왕관을 뽐내며 "잠꾸러기! 일어나." 한다. 교회에서 내가 졸았구나

싶었다. 시계를 보니 한 시간이나 흘러 있었다. 나는 누군가가 덮어준 이불을 개어서 감사하단 말을 남기고 황급히 돌아 나섰다. 쓸쓸한 바람이 부는 교회의 담장 밖에는 태양이가 나를 지키듯이 기다리듯이 그렇게 서 있었다.

# 내 안의 오랜 친구

"신비, 토요일에 거기, 교회 갈래? 뒷마당에 토끼도 키우고 거위도 있더라. 너 조느라 못 봤지?"

"그래, 가자."

태양이가 알라딘이 아니라는 결론을 내린 나는 태양이가 내 감정을 흔들만한 대상이 아니라는 생각에 마음이 편안해졌다. 우리는 달리기를 하는 것 마냥 오전 수업만 하는 수요일의 가벼운 가방을 메고 산길을 올라갔다. 다시 찾은 교회의 풍경은 예전보다 더 아름답게 느껴졌다. 교회 주변의 어디에선가 잔잔한 음악이 은은하게 흘러나왔고, 간간히 마당에서 일하는 사람들의 활기에 찬 소리가 작게 들렸다.

모든 것이 움직였지만 모든 것이 고요했다. 세상과 소통하지만 세상과는 구별된 이곳의 평안함이 하늘처럼 맑아진 가슴에서 구름처럼 머물렀다. 머물다 가지 않기를 내 가슴에서 영원히 남아 있기를 바랐다. 나는 맑은 얼굴과 따스한 눈빛을 가진 할아버지를 생각했다. 어디선가 나를 위해 기도해 주시던 낮고 조용한 음성이 들려오는 것 같기도 했다.

나는 오랫동안 그림 속의 마리아와 예수님의 모습을 바라보았다. 양들을 향한 시선, 사랑과 상심이 교차하는 눈빛, 마치 살아 있는 듯한 그의 얼굴을 바라보다가 나는 그날 그 할아버지처럼 기도하고 싶어졌다. 아니 솔직히 그때 그 꿈속처럼 엄마를 다시 만나고 싶어졌다. 갑자기 긴장이 풀리고 어깨가 무거워졌다. 나는 나무 바닥에 철퍼덕 하고 주저앉았다. 그리고 둔한 입술을 어색하게 움직이기 시작했다.

"지금…… 여기에 계시나요? 혹시, 제 얘기를 듣고 계시다면…… 저는 엄마를 또 만나고 싶어요."

그러나 나는 더 이상 말을 하지 못했다. 나도 모르게 서러움과 그리움이 올라와 목이 메였기 때문이었다. 내 눈에 비친 마리아의 모습이 나처럼 울고 있는 것처럼 보였다. 그때였다. 갑자기 눈물로 선명하게 씻긴 예수님의 주름진 성의 사이로 비 갠 후의 무지개처럼 한 줄기 빛이 솟아올랐다. 잠잠히 솟아오른 빛이 섬광을 번쩍이자 순식간에 성의가 걷어지고 그 본연의 찬란한 몸이 드러났다. 그것은 어떤 색으로도 표현할 수 없는 빛, 그 자체였다. 그 순간 세상과 나는 사라지고, 태초의 모습 그대로 빛만이 그 존재의 위엄을 드러내고 있었다. 갑자기 수많은 금줄처럼 찬란하던 빛이 소리 없이 사라지자, 흰 베일에 가려진 황금색 문이 나타났다.

황금 문에는 세상에서는 결코 조각 할 수도 없는 특별하고 아름다운 문양들이 생명을 가진 듯이 새겨져 있었고, 그 주변을 신비스러운 구름들이 떠다녔다. 갑자기 황금 문이 살며시 열리기 시작한다. 문틈 사이가 벌어질 때마다 수문에서 물이 빠져 나오는 것처럼 빛들이 파도처럼 쏟아져 나왔다. 내 발밑으로 황금빛 물들이 파도처럼 출렁였다. 나는 그 문 안을 보고 싶었다. 마치 엄마의 품속 같은 그 안으로 들어가고 싶었다. 저 문 안에는 어떤 세상이 존재하고 있을까? 갑자기 문 주변을 떠다니던 구름들이 걷히더니, 뾰족한 첨탑들이 수십 개는 될 듯한 황금빛 성이 보였다. 그리고 성문 앞의 커다란 보좌에 누군가 앉아 있는 것이 흐릿하게 보였다. 빛의 근원처럼 느껴지는 그의 모습이 참으로 아름다울 것이라는 생각이 들었다. 그에게서는 사랑과 온유와 겸손이 향기가 되어 내게로 전해져 왔다. 빛과 함께 존재하는 그의 보좌 앞에는 수정처럼 투명한 바다가 잔잔히 흘렀고, 주변을 아름답고 특별한 모습을 한 사람들이 빛을 호위하며 주변을 에워싸고 있었다.

그들은 천사처럼 어깨 죽지에 커다랗고 흰 날개를 달고 금빛 머리칼을 흩날리며 나를 보았다. 그들의 눈길이 너무나 자애로워 그 품에 안기고 싶었다. 그들의 흩날리는 머리칼에 얼굴을 묻고 싶었다. 그들이 내게로 손을 내밀었다. 그 순간, 내게 이 신비한 세계의 비밀을 그들과 공유할 것 같은 기대감이 바람처럼 스쳤다. 그들은 나를 위해 태초의 황금 문을 열어 놓았고, 그들은 자신들을 조심스럽게 드러낼 것이다. 그들은 그들의 세계로 나를 데리고 가서 그곳의 전설들을 내게 들려 줄 것이다.

나는 황홀함과 두려움에 몸이 떨렸다. 시간과 공간이 없는 신화 속으로 들어온 내게로 어떤 여인이 수정 바다 위로 걸어오고 있는 모습이 보였다. 가까이 다가올수록 선명하게 드러나는 그녀의 모습이 눈부시게 아름다웠다. 그리고 나는 곧 그녀가 엄마라는 것을 알아차렸다. 엄마는 눈부신 광채를 발하며, 우아한 걸음을 내디디고 날아오르듯 내게로 다가왔다. 그녀는 아들을 향해 마지막 눈물을 쏟아내던 막달라 마리아처럼 순전한 모습을 하고 있었다. 엄마가 내딛는 발걸음마다 빛 조각이 보석처럼 떨어져 내렸다.

"엄마, 이 빛은 뭐야? 너무 눈부셔. 어디에서 오는 거야?"

"응, 이제 곧 너도 가게 될 저기 저 집에서. 그 집에 가면 너도 이 빛을 가질 수 있어."

엄마의 이야기는 알 수 없었지만 밝고 힘이 느껴졌다.

"엄마, 오늘은 여기 왜 온 거야?"

"이 성의 주인한테, 우리 신비 예쁘게 크게 해달라고 부탁하러."

"아빠는?"

"······아빠? 엄마가 아빠를 사랑······."

그 말을 하는 엄마의 목이 매여 뒷부분은 잘 들리지 않았다.

"엄마, 아빠 많이 사랑해줘."

"알아, 아빠 좋은 사람이란 거."

"엄마, 아빠 사랑하잖아. 그치?"

나를 바라보던 엄마의 눈에 눈물이 맺혔다. 엄마의 눈물은 돌이킴을 예감했고, 그 참회의 눈물방울은 참으로 아름다웠다. 그러나 그것도 잠시 엄마 주변의 빛이 하나둘씩 떨어져나가기 시작했다. 진주알처럼 흩어져 떨어지는 빛 조각들이 바닥으로 스며들었다. 갑자기 빛이 사라진 엄마의 얼굴에 희망과 기대는 사라지고 불안과 공포가 죽음처럼 스며들었다. 엄마는 마치 술에 취한 것처럼 보였다. 그녀는 가슴을 치며 울부짖었다. 미안하다며 괴성을 지르는 엄마가 마치 포효하는 짐승처럼 보였다. 순결한 아름다움이 온데간데없이 사라진 엄마가 여전히 눈물이 흐르는 눈가를 훔치며 떨리는 목소리로 말을 이었다.

"엄마는 아빠랑 살면 외롭지 않을 거라고 믿었어."

"그런데?"

"신비를 보면 가면 안 되는데······."

엄마가 또다시 나를 떠날 거란 불길한 예감이 들었다.

"엄마, 가지마."

엄마의 팔을 양손으로 힘껏 잡았다.

"엄마는…… 외로워."

"내가 안 외롭게 해줄게, 가지 마."

돌아오리라 기대했던 내 바람처럼 빛으로 왔던 엄마는 어둠 속으로 사라져버렸다. 무릎 꿇고 있던 내 몸이 비를 머금은 먹구름처럼 대지로 무겁게 내려앉았다. 내 의지로 도저히 움직일 수가 없었다. 그때, 누군가 남모르게 나를 훔쳐보는 시선이 느껴졌다. 눈을 돌려 보니 어디선가 보았던 낯익은 얼굴의 여자아이가 나를 쳐다보고 있었다. 나의 관심을 받고 싶은 듯한 이 아이의 눈빛이 너무나 슬퍼서 안아주고 싶었다. 외로움이 가득 담긴 이 아이의 눈빛이 울어도 괜찮으냐고 내게 물어 오는 것 같았다. 나를 믿고 울어도 된다고 말을 해주고 싶었다. 그 아이는 오랫동안 혼자 있어서 우는 법을 모른다고 했다. 그런데 이제는 나와 말하고 싶다며 차가운 손을 내밀고는 내 귓가에다 은밀히 속삭인다.

'너의 의식 세계로 나가고 싶어.'

갑자기 내 안의 깊고 음습한 골짜기에서부터 단단하고 오래된 바위 같은 것이 움틀 거리더니, 그 황폐하고 음산한 물체가 진동하며 벼락 치는 소리와 함께 가느다란 기도를 타고 솟아올랐다. 가슴이 저미고, 목에서 마른기침이 셀 수 없이 나왔다. 심장으로 뻗어 있는 모든 핏줄들이 조여 오는 것 같았다. 가슴이 아프고 몸이 더

비 오는 토요일 오후,
학교 앞에서 아이를 기다리는
엄마들의 알록달록한 우산들이
빙글빙글 춤을 추고, 그 한가운데
왈츠의 순서를 잊어버려 비에
젖은 채 떨고 있는 여자아이가
오지 않을 엄마를 찾고
있었습니다.

워서 견딜 수가 없었다. 숨을 쉴 수가 없었다. 아픔과 뜨거움을 호소하는 고통스러운 울음이 거친 숨과 함께 구토처럼 터져 나오고, 눈물이 강들을 만들며 어린 시절의 기억들이 파장을 일으키며 잠자던 수면 위로 떠올랐다. 엄마가 떠날 때도 흘려보지 않던 눈물이 물결을 이루고, 떨고 있는 나를 휘감고는 물결 속으로 불길 속으로 나를 이끌어 갔다.

아빠를 기다리며 혼자 밥을 먹고 혼자 잠을 자던 시간들이, 엄마와 행복했던 추억들이 그림처럼 지나가고 어떤 것은 손을 뻗으면 닿을 것 같이 생생하기도 했다. 나무껍질 같이 늙어가는 아빠의 손길이 느껴지고, 봄날 아침, 하염없이 등굣길을 지켜보는 따스한 아빠가 늦가을의 스산하고 쓸쓸한 본체를 드러냈다. 비오는 토요일 오후, 학교 앞에서 자녀를 기다리는 엄마들의 알록달록한 우산들이 왈츠에 맞추어 빙글빙글 춤을 추고, 그 한가운데 왈츠의 순서를 잊어버려 비에 젖어 떨고 있는 여자아이가 오지 않을 엄마를 찾고 있었다. 물결 위로 떠오른 무지갯빛 기억들이 햇빛을 안고 아른거리며 차례대로 황금빛 하늘의 불길 속으로 타들어 갔다.

"엄마, 가지마."

"제발…… 제발, 가지마. 부탁해."

아빠에게도 한 번도 털어놓지 못한 고백을 이 소심한 아이는 부끄러운 줄도 모르고 하고 있었다. 할 얘기가 너무나 많았다고. 창문에 새겨진 아름다운 모자의 모습이 주홍빛 후광을 비취며 노을 색으로 물들어 갔다. 어린아이같이 떼를 쓰던 이 아이가 가을 노을처럼 차분히 가라앉더니 마지막 눈물방울을 닦아내며 결심한 듯 속삭였다. 엄마가 그리웠다고, 여전히 사랑하고 있다고. 같이 있고 싶지만 아니어도 괜찮다고…… 이해하겠노라고.

　얼마나 울었는지 나는 눈이 부어서 앞이 잘 보이지 않았다. 흐려진 시야에 태양이가 수저 두 개를 양 손에 들고 있는 모습이 들어왔다. 언제 냉동실에서 얼려왔는지 울어서 부은 눈에는 얼린 놋수저가 최고란다. 창피한 마음을 꽁꽁 얼은 놋수저로 감추고는 방금 일어났던 일에 대해 이해하려고 생각을 더듬어 보았다. 드디어 마법에서 풀려나왔다. 누군가 내게 마술을 걸어 놓았다. 이 환상의 단서를 어디서 찾을 수 있을까? 마법에서 풀려난 몸이 깃털처럼 가볍고 새처럼 자유로웠다. 날아갈 듯했다.

# 어른이 되어 가는 길목에서

부엌에서 들리는 할머니의 도마질 소리에 잠이 깼다. 일하시는 할머니의 뒷모습을 보니 갑자기 가슴이 저며 왔다. 살며시 다가가 할머니 허리를 꼭 안아 드렸다. 무표정한 얼굴 뒤에 숨겨진 할머니의 따뜻한 맘이 온몸으로 전해지고 있었다. 나는 눈물이 날 것 같았다. 고된 농사일과 아빠에 대한 시름과 나에 대한 연민이 칼질하는 도마 위에서 잘게 부서지고 부서져 또 다른 고민을 잉태하고, 연민을 낳는다. 언제가 되면 아름다운 노년의 삶을 살아갈 수 있을까? 동화처럼 긴 안락의자에 앉아 홍차를 마시며 방학에 놀러올 손자에게 입힐 조끼를 뜨시는 모습을 언제쯤이면 볼 수 있을까?

속으로 가만히 할머니를 불러보았다.

"할머니, 며칠 전에 옛날에 산부처가 기도했다는 곳에 갔다 왔어."

할머니가 일하던 손을 멈추고 나를 돌아본다.

"누구랑? 거길 어떻게 갔어?"

"이장님 네 큰손자랑. 걔가 부모님하고 몇 번 다녀 갔었나 봐."

태양이란 말에 할머니는 안심하시는 듯했다.

"좋던데……."

"암만, 하나님이 계시는 곳인데 좋겠지."

"할머니도 가 봤었지?"

"옛날에 너 애기 때 네 엄마랑 몇 번 갔었지."

'꿈이 아니었어.'

그곳에서 난 엄마와 어린 나를 봤다. 그 환상의 시작이 바로 나의 시작을 찾을 수 있는 분명한 표적이 되어줄 것 같다. 내 마음속에 숨어 이유 없이 섬뜩한 예감을 주는 동기들을, 그 동기들 속에 숨은 위험한 진실들을, 나는 알아도 안 되고 알 수도 없을 거라 믿는 어른들의 세계를, 여전히 진행 중인 우리들의 동화를 할머니와 공유해야 하는 순간이 온 것이었다. 할머니는 어느새 엄마와 함께 소망을 품던 그 시절로 돌아가 있었다. 할머니의 얼굴에 희망의 빛이 어렴풋이 비쳐왔다. 그러나 그것도 잠시 또 다시 얼룩진 현실로 돌아온 할머니는 긴 한숨을 내쉬며 말을 이었다. 며느리를 맞고 딸처럼 사랑해주겠노라고 마음을 먹었었다고. 그런데 아빠의 실직 후 방황하는 엄마를 감싸주지 못하고 미워했었다고 말이다. 할머니는 이혼의 원인이 마치 할머니 책임인 양 괴로운 얼굴을 하시며 식탁 의자에 앉으셨다. 허공을 바라볼 때면 습관처럼 과거 속으로 침잠해 들어가는 할머니의 마음이 맑은 물에 얼굴을 비춰 보는 것처럼 투명하게 읽혔다.

"할머니, 할머니는 기도 안 해?"

"기도하면 다 잘된다고 하던데…… 네 엄마 떠나고 마음이 편치 않아서."

할머니가 말을 맺지 못한다.

"네 부모 잘 되게 해달라고 그렇게 빌었는데……."

하나님은 할머니의 소원을 거절하셨다. 할머니는 실망하셨다. 갑자기 혼란스러워졌다. 소박한 성전의 아름다움, 진솔하지만 청명한 고결함, 소박하지만 지치고, 진솔하지만 거친 삶을 살아온 할머니와는 아무런 관계가 없어 보였던 것이다. 할머니는 신비한 베일과 비밀스러운 안개 속에 싸인 그 세계를 냉담하게 경계하며 탐색만 하고 있을 뿐이었다. 할머니와 나 사이에는 언제나처럼 진실과 모순이 숨바꼭질하고 있었다. 그런데 그날 가슴속에 뽀얀 먼지로 뒤덮였던 의구심들이 하나둘 일어나기 시작했다. 좀비 같이 시름하던 의심들이 햇빛을 받고 깨어나는 것이다.

"할머니…… 나, 엄마 또 보고 싶어."

나는 금기를 깨버렸다. 다른 사람들은 말할 수 있지만, 내게는 허락되지 않은 말이었다. 그 파장은 여러 사람을 슬프게 하는 결과를 가져오기에. 이 동화 속 주인공은 나였지만 주인공은 침묵해야 했

다. 언제나. 모두가 슬퍼하지 않도록. 할머니 가슴이 떨어져 내리
는 소리가 들렸다. 어둠과 가난과 고집으로 얼룩진 과거 속에서 할
머니가 돌아왔다. 할머니는 나를 보지 않았다. 그저 마른 솔잎이
빠지직거리며 까맣게 타들어 가는 소리만이 들려왔다.

"엄마가 왜 떠난 거야? 날 두고?"

할머니는 일어나시더니 식탁 위에 놓인 물건들을 정리하기 시작
했다.

"낸들 아니? 그 속을 어찌 아누?"

할머니가 식탁 위에 놓여 있던 상추바구니를 들어 이리저리 옮
겨 놓는다. 김치 냉장고도 열어보고 싱크대 문도 열어본다. 수선을
피우던 할머니가 싱크대 앞에 멈춰 섰다. 그리고는 식탁 의자에 주
저앉듯 앉았다. 할머니가 하수구처럼 쾌쾌한 가슴 밑바닥에서부
터 탄식 같은 한숨을 뽑아낸다.

"나 때문이다. 네 엄마 떠난 거."

죄책감으로 묶고 있는 과거라는 맨홀이 또 다시 할머니를 삼
켰다.

"네 아빠 직장 잃고 힘들어 할 때, 내 자존심에 네 엄마에게 못되
게 했다. 네 아빠 무시할까 싶어서. 이제와 보니 잘못된 방법이지
뭐냐? 나 때문이다. 네 엄마 집 나간 거."

죄책감에 숨죽이며 살아오던 할머니의 목소리가 단호하게 바뀐

그해 겨울,
눈은 왜 그리도 많이 왔었는
지요. 겨울 한복판에 선
할머니는 따스했던 봄을 주억
합니다. 그리고 언젠가
다시 돌아올 봄날을 또다시
기대합니다.

다. 엄마에 대한 원망을 하지 말라는 듯이 말이다. 난 할머니 말에 전적으로 공감하지 않았다.

"아무리 그래도 딸을 두고 가? 할머니랑 같이 살면서 시집살이 한 것도 아닌데."

잊고 지낸 의문들이 살아나 자기 멋대로 지껄이고 있었다.

"할머니가 무슨 죄인이야?"

할머니가 묘한 시선으로 나를 본다. 할머니의 시선에는 미안함과 안쓰러움에 어쩔 줄을 몰라 하는 마음이 눈물처럼 담겨 있었다.

"할머니 괜히 죄책감 갖지 마세요. 할머니가 계셔서 난 정말 행복해."

나는 할머니의 어깨를 감싸 않았다. 태어나서 처음으로. 할머니의 몸은 삶에 대한 긴장감으로 뻣뻣하게 굳어 있었다. 할머니의 해결되지 않은 죄책감은 마음에서 몸까지 굳게 했던 것이다. 나는 더힘을 주어 안아드렸다. 시간이 갈수록 할머니는 점점 편안한 얼굴이 되어 갔다. 마치 냇가에 물이 흐르듯이 온 몸으로 평화로움이 흘러갔다.

"내가 너한테 미안한 게 많다. 네 엄마 때문에 내 아들 고생하는게 마음이 아파서, 자기 하나 잘해주는 착하고 순한 여자 만나 살았으면 좋겠다는 생각했었다."

할머니가 감추어 놓았던 마음의 보따리를 풀기 시작했다. 할머

니는 마음을 다 비우고 싶었나 보다. 모든 짐을 벗어 버리고 평온

해 지고 싶었던 거다.

"그런데 진짜로 네 엄마가 떠나고 나니까, 내가 못된 생각해서

너까지 불행해지는구나 싶었다."

할머니의 얼굴에는 고통의 표정이 떠올라 있었지만, 점차 용서

를 구하는 자만이 가질 수 있는 진정한 평화가 찾아들고 있었다.

엄마가 떠난 건 사실이었다. 그러나 그 뒤에는 또 다른 진실이 숨

어 갈등과 화목 사이에서 숨바꼭질하고 있었다.

할머니의 우연 같은 소원처럼 아빠는 자신을 진심으로 사랑해

줄 여자와 다시 결혼하게 될까? 그렇게 된다면 아빠는 얼마나 행

복할까? 결과적으로 나를 제외한 모두의 바람대로 이루어지는 것

이다. 하나님은 할머니의 마음 골짜기 깊숙한 곳에 숨어 차마 나올

수 없었던 소원들을 이미 알고 계셨던 거다. 갑자기, 잠자던 경수

가 "크르릉" 거리며 이빨을 드러내는 소리가 들린다. 부엌의 열려

있는 창문 너머로 대문 앞에서 서성이는 태양이가 보였다. 창틀에

턱을 괴고 태양이를 내다보았다.

"웬일이니?"

내 안의 불만스러운 의구심이 천진하기만 한 태양이에게 화살처

럼 쏘아진다.

"신비야, 일요일 아침에 읍내 가자. 나랑."

“읍내, 어디?”

“가 보면 알아. 잠깐 나와 볼래?, 이거 보여줄게.”

호기심에 나가 보니, 태양이가 뚜껑 없는 네모난 나무 상자를 들고 서 있었다. 무언가 싶어 머리를 빼고 들여다보니 엄지 손톱만한 개구리가 보였다. 너무나 작고 귀여웠다. 살아있는 건지 살피기 위해 고개를 더 숙이는 순간, 우물 안에 든 개구리가 폴짝 뛴다. 나는 급히 몸을 빼며 한걸음 물러섰다. 태양이가 상자를 자기 가슴으로 끌어당기며, “놀랐니?” 하고 묻는다. 검은 산개구리라고 한다. 이 아담한 개구리 집의 바닥에는 흙이 깔려 있고, 막내가 가지고 놀던 물레방아가 한쪽 모서리에 놓여 있었다. 그리고 과자 부스러기와 작은 풀잎들이 드문드문 뿌려져 있었다. 제 고향 같지는 않겠지만 그래도 살 수 있는 환경이 제법 꾸며져 있다. 골격은 태양이의 솜씨, 내부의 장식은 침 흘리며 신기해하는 꼬마들 솜씨가 분명하다. 이 개구리를 진귀한 보물처럼 바라보며 신나서 어쩔 줄 모르는 두 명의 동생들의 모습이 눈에 그려졌다. 태양이가 놓아 주려는 것을 둘째가 파리에게 잡혀 먹힐지도 모른다고 울먹이며, 하루 종일 옷자락을 붙잡고 따라다녀서 할 수 없이 집까지 만들어 주었단다. 막내는 칭얼대지, 영어 선생님은 오신다지…… 투덜대는 태양이의 모습에 피시식 웃음이 나왔다.

이 작은 것에도 생명이 있었다. 이 생명의 근원은 어디일까? 우리는 대체 어디에서 왔을까? 또 다시 습관처럼 점 하나에서 시작된 질문이 선을 긋고 면을 이루어 입방체를 만들며 무한히 확장되어 갔다. 태양이는 갖고 싶으면 가지라고 개구리 상자를 건네주었다.

"어어— 둘째는. 둘째 거잖아."

얼떨결에 받아들은 내가 질문할 사이도 없이 태양이는 후다닥 돌아서서 도망가듯 뛰어갔다. 태양이가 모퉁이를 돌다 말고 돌아서서 나를 향해 뭐라고 말을 한다.

"한 마리…… 더…… 잡으…… 갖다줄…… 혼자는 외롭잖……."

# 황금빛 실타래

알고 싶었다. 우리 엄마의 기도를 거절하고 우리 할머니의 믿음을 잃게 만든 이유가 무엇인지 말이다. 처음 가보는 교회는 햇빛처럼 환하고 종달새처럼 명랑했다. 예배실은 정적이고 편안한 음악이 흘렀고, 어둠이란 그림자는 얼씬거리지 못할 만큼 맑고 밝았다. 나는 숲 속의 기도원에서처럼 이곳저곳을 둘러보았다. 소 예배실 앞에는 작은 나무 제단이 있었고, 그 뒤편의 가려진 커튼 안에는 목양실이라 이름표가 걸린 방이 하나 있었다. 나는 커튼을 살짝 걷어 보았다. 그 때 안에서 누군가에게 일방적으로 훈계하는 사람의 말소리가 낮게 들렸다.

"내가 너 때문에 망신당하지 않도록 예의바르게 굴어. 똑바로 행동해. 알았어?"

억제된 분노가 깔린 무거운 목소리에 문밖에 있던 나까지 머리가 쭈뼛 올라선다. 잠시 후, 문이 빠끔히 열리더니 문틈으로, 어깨를 잔뜩 웅크린 학이의 모습이 보였다. 나는 깜짝 놀라 뒤로 물러섰다. 나와 시선이 마주친 학이의 눈동자가 떨리고 있었다. 겁먹은 눈동자는 내게 이렇게 말해 오는 것 같았다.

'마음이 너무 아파…….'

나는 갑자기 가슴이 뭉클해지며 눈물이 울컥 하고 올라왔다. 그런데 그 순간 학이가 피식 웃으며 평소처럼 장난스럽게 말을 건네는 것이다.

"야아, 신비야, 오늘 날씨 되게 좋다. 우리 끝나고 버드나무숲으로 놀러 가자."

학이는 내 어깨를 툭 치고는, 콧노래를 부르며 예배실로 들어간다. 뒷자리에 앉은 학이가 의자 밑에 숨어서 내 어깨를 톡톡 치며 장난을 건다. 그때, 나는 학이에게 처음으로 진실하게 웃어 주었던 것 같다. 선생님은 피아노를 치며 고운 가락의 노래를 연주하기 시작했다. 이미 노래를 알고 있는 친구들은 익숙하게 따라 불렀지만 나는 어색하기만 하다. 뒷자리에 앉은 태양이가 내 앞으로 몸을 빼서 노래 책을 책상 위로 올려준다. 그리고는 팔꿈치를 의자머리에 기대어 눈을 찡긋 하며 웃었다. 갑자기 따스한 기운이 온몸으로 전해졌다. 선생님의 뒤에 걸린 나무 십자가가 태양이의 웃음처럼, 학이의 눈동자처럼, 핏물처럼 진하게, 눈물처럼 반짝이고 있었다.

"여호와께서 환난 날에 나를 그의 은밀한 초막 속에 비밀히 지키

시고 그의 장막 은밀한 곳에 나를 숨기시며 높은 바위위에 두시리
로다."

선생님이 아름다운 시를 읽어 주셨다. 그 단어 하나하나가 내 폐
부 깊숙이 들어오고 있었다. 마치 날선 검이 내 몸을 뚫고 들어와
뼈마디 마디까지 날카롭게 찔러 쪼개듯이 아프게도 느껴졌다. 그
리고 강렬한 빛처럼 내 영혼까지 비쳐오는 것이다. 내 심연에 깔려
있는 조약돌들이 잔잔하게 흔들렸다. 나는 봄날 오후, 햇볕에 졸고
있는 돌담 위의 고양이처럼 나른해져 왔다. 그리고 몸이 무거워지
더니 급기야 책상 밑으로 가라앉기 시작했다. 내 의지와 상관없이
눈꺼풀이 내려앉고 선생님의 목소리가 점점 멀어졌다.

청아한 목소리가 아득히 멀어지고, 두리번거리는 친구들의 모
습이 안개를 뿌려 놓은 것처럼 흐려졌다. 그리고 나는 다시 현실을
인식하는 깊은 잠에 빠져들었다. 순식간에 내 몸이 깃털처럼 가벼
워지더니 연기처럼 날아가고 있었다. 아래를 내려다보니 의자에
앉아 있는 내 모습이 보였다. 뒷자리에서 태양이와 학이가 서로의
어깨를 치며 은근히 실랑이를 벌이고 있는 모습도 보였다. 나는 그
런 모습을 바라보며 알 수 없는 힘에 이끌려 유선형의 다리를 지나
수정처럼 투명한 바다를 건너가고 있었다.

어느 새 나는 찬란한 빛 속에 쌓여 있었다. 내 앞의 큰 보좌에 보
이지 않는 어떤 형체가 신비로운 구름 속에 앉아 있는 모습이 보였

어느새 나는 찬란한
빛 속에 싸여 있었습니다.
내 앞의 큰 보좌에 보이지 않는
어떤 형체가 신비로운 구름 속에
앉아 있는 모습이 보였습니다.
나는 그에게 달려가 그 품에서
마음껏 울고 싶었습니다.

다. 그 옆에는 활과 면류관을 손에 든 충성스러운 기수가 그와 같은 헌신의 눈빛을 한 백마를 타고 서 있었다. 하늘에서 쏟아지는 품위와 용맹스러움이 광채를 발하며 그가 호위하는 분을 더욱 숭고하고 경이로워 보이게 했다. 그 모습에 나도 모르게 주저앉고 말았다. 그러자 티끌처럼 작은 내게 인격적인 대화를 청한다. 우리는 말하지 않았지만 서로에게 말했다. 나는 또렷이 말할 수 있었고, 명확히 들을 수 있었다. 우리의 언어는 달랐지만 나는 그 말을 이해할 수 있었고, 그도 나의 말을 이해했다. 그가 내게 너희 집이니 편안히 쉬라고 말하였다. 그리고 우리는 친구라고 말했다. 나는 그가 어릴 때 밤마다 나를 찾아온 친구란 걸 알았다. 그는 나를 처음부터 알고 있었다고 말했다. 나도 처음부터 그를 알고 있었다고 대답했다. 그가 나를 기다리고 있었다고 말했다. 그리고 나도 그를 아주 오랫동안 그리워하고 있었다고 대답했다. 얼마나 외로웠느냐며 그가 나를 위로했다. 그 말에 가슴이 저려와 눈물이 나올 것 같았지만 이상하게 웃음이 나왔다.

보이지 않는 그가 나를 사랑하고 있다는 것이 느껴졌다. 실체 없이 겉돌던 추상적인 감정이 수건을 걷어낸 거울을 보는 것 같이 선명해지는 것이다. 그리고 그 믿음은 내가 소원하던 것들의 실체가 되어 내 곁에서 나를 위로 하고 있었다. 그 동안의 서러움이 파도처럼 밀려왔다. 내 안에 굳건히 지키고 서 있던 방파제가 흔들리는 것이다. 울고 싶었지만 이상하게도 웃음만 나왔다.

나는 알 수 있었다. 이곳은 눈물과 슬픔이 없는 곳이란 것을. 과거의 기억은 있지만 그 흔적이 남긴 상처는 없는 곳임을. 내 앞으로 실 한 타래가 굴러왔다. 황금빛으로 빛나는 아주 값지게 보이는 실타래였다. 그가 내게 너의 것이라며 가지라고 말한다. 그리고 그 실이 나와 그를 연결해주는 중요한 매개체가 될 것이라고 말했다. 누군가 금빛 실을 내 허리에 묶어주었다. 그가 내 귓가에 속삭였다. 이 실을 절대 놓치지 말라고. 잃어버리지 말라고 말이다. 이 실타래는 그 끝이 없어서 내가 어디로 가도 이곳과 연결되어 있으니, 집으로 돌아오는 길을 절대로 잃어버리지 않을 것이라고 말이다. 그리고는 비둘기처럼 가볍게 날아올랐다. 광명으로 빛나는 그가 울면서 나를 보고 있었다. 그가 울고 있었다. 그리고 애끊는 그의 목소리가 들렸다.

"나는…… 과부와 고아의 아버지란다. 나를…… 기억하니?"

황금빛 실타래의 광채에 눈이 부셨다. 황홀함과 두려움으로 금빛 실을 바라보던 내 시야에 태양이의 얼굴이 어렴풋이 들어오기 시작했다. 정신을 차리고 주위를 둘러보니 친구들로 가득하던 방 안에는 아무도 없었다. 내 뒤에서 잠을 자듯 조용히 앉아있는 태양이만 빼고 말이다. 나는 내 허리에 묶여 있을 금빛 실이 떠올랐다. 그런데 너무나 가늘어서인지 아무리 찾아도 찾을 수가 없었다. 실망해 있는 내게로 갑자기 창가에서 가느다란 금빛 실 몇 가닥이 소리 없이 비쳐왔다. 그 하나의 금빛 실은 나를 비추고, 다른 하나의 금빛 실은 뒤에 앉은 태양이를 비추었다. 나는 나와 그만이 알 수 있는 미소를 짓고 태양이처럼 조용히 눈을 감았다.

너무 보고 싶었어요. 신비로운 구름과 금빛 줄에 쌓인 당신의 모습은 희미했지만 당신이 얼마나 아름다운 분인지를 알고 있어요. 저는 당신이 누구인지 알아요. 우리는 함께 살았으니까요. 당신의 얼굴과 우리의 추억이 내 기억에서 또렷이 되살아나길 저는 기다려요. 당신은 어둠이 거치지 않은 새벽녘의 희미한 안개처럼 나타나 나를 위로한다는 걸 알았어요. 왜냐하면 부엉이가 울던 밤에, 그 거대한 고요 속에서, 외로운 침묵 속에서 눈을 감으면 별들이 속삭였고 달빛이 노래 불러 주었기 때문이에요.

눈부신 새벽, 동쪽 하늘의 새벽별이 그 창조의 아침에 내게 눈짓해 주었죠. 적막한 밤은, 정적이 감도는 새벽은 어느새 내 영혼의 친구가 되어 세상 사람들이 알 수 없는 영혼의 비밀들을 끊임없이 이야기해 주었어요. 당신이 창조하신 우주 안에 영혼의 샘가를 만드셨고, 쉴만한 은신처를 마련하셨다는 비밀들을 알게 된 거예요. 엄마는 어쩔 수 없는 이유로 나를 떠났겠죠. 어쩌면 사실보다 더 두려울지 모를 엄마의 진실을 알았을 때 나는 너무나 실망할지 모르겠지만 지금은 그렇게 생각하고 싶어요.

당신은 엄마의 욕구를 무시하지 않으셨어요. 그것은 욕망이라 불러도 괜찮고 소망이라 불러도 괜찮을 거예요. 두 가지 감정의 뚜렷한 경계를 저는 잘은 몰라요. 우리는 우리가 무엇을 소원하고 있는지 때로는 알지 못해요. 생각하는 게 많아질수록 말예요. 그러니 겸손하신 당신은 우리가 알기까지 기다리실 수밖에요. 때로는 그 선택이 가혹한 운명을 예감하고 있다 한들 어쩌겠어요. 우리가 선택한 것을요. 우리의 기도가, 우리의 눈물이 우리 자신조차도 속일 수 있다는 것을 느껴요. 우리 엄마처럼 말이죠.

우리 내면에서 충돌하는 욕망을 인정하고, 우리 영혼의 진실한 소망을 안다는 것이 얼마나 어려운지요. 우리는 영혼의 창조자인 당신을 거부하는 세상에서 진실할 수 없도록 교육 받았고, 길들여져 왔어요. 내 영혼의 거울과 정면으로 마주했을 때 본능적으로 우린 겁에 질린 젖소처럼 뒷걸음질 칠지 몰라요. '그럴 리 없어.' 하고 말이죠. 그러나 이성적인 내면의 소리에 저항하며, 절박한 영혼의 소리와 만나기를 갈망하고 있을지도 모를 일입니다. '정말이니?' 하고 말이죠.

율법의 거울을 씻고, 형식의 옷을 벗고, 나를 정죄하는 잣대를 부러뜨리고 맑은 영혼의 소리를 들을 수 있으면 좋겠어요. 그런데 우리는 어떻게 영혼의 소리를 들을 수 있을까요?

세상에 깃들인 진리를 이성과 지성, 감각으로 깨달으려 하는 우리가요. 우리 영혼의 소리를 인식할 수 없다면 영혼의 창조자인 당신과의 대화가 막힐 수 있다는 위험 신호를 느끼길 원해요.

낮의 소란함을 잊은 밤의 고요 속에서, 광명하게 떠오르는 부활의 새벽에 알 수 없는 향기가 코끝을 스칠 때 우리 영혼이 조심스레 말을 걸어오는 것임을 알기 원해요. 깊고 고요한 침묵 속에서 비밀스러운 내 영혼의 소리들과 대화하기를 원해요. 당신의 음성을 듣기를 원해요. 그래서 밤의 고독을 즐기길 바래요. 새벽의 창조성을 느끼길 바래요. 나처럼 말이죠. 그러면 매일 매일이 부활의 기쁨과 축제라는 그 위대한 비밀을, 그 은밀한 경험을 할 수 있을 거예요.

엄마가 없는 빈자리가 서글펐지만, 내 영혼은 한 번도 절망하거나 엄마를 원망한 적이 없다는 것을 알아요. 당신이 사랑의 손으로 세상이 줄 수 없는 평안과 기쁨을 제게 선물했으니까요. 당신은 제게서 서러운 기운이 조금이라도 감지될 때면 저보다 먼저 아파하고 우셨어요. 저보다 당신이 더 슬퍼한다는 것을 내 영혼은 알았어요. 엄마가 없었지만 내 영혼은 행복했어요. 아니, 천국을 상속받은 광야의 예언자처럼 늘 충만했어요. 사람의 언어로는 결코 표현할 수 없을 저에 대한 당신의 사랑을 제 영혼이 알고 있었기 때문이에요. 이제 제게서 분리되어 자유로이 날아다니던 저의 영혼이 제 마음과 몸을 되찾기를 원해요. 그리고 영원히 당신과 함께 살고 싶어요.

그해, 열일곱의 가을이 되던 해, 나는 내 영혼 안에 있던 그를 만났고, 속삭이는 그의 소리를 처음으로 들었다.

# 엄마의 기도

　뽀얀 서리로 덮인 큰 창문 너머로 아름다운 엄마의 얼굴이 보였다. 양구에서의 초조한 모습은 오간 데 없이 화사하기만 했다. 전나무를 장식하는 가족의 화목한 모습이 엄마를 품은 눈동자 속에 눈물처럼 담겨 왔다. 전나무 아래에 놓여 있는 상자 안에서 한동안 장식들을 고르던 여자아이가 아빠에게 별 모양을 건네 주었다. 그러자 아빠가 나무 꼭대기에 달아 놓고 아이를 향해 눈부시게 웃는다. 옆방에서 머리를 긁적이며 나온 오빠의 입이 나팔꽃처럼 벌어졌다. 아름다운 덕담과 기쁨이 넘치는 저녁상이 치워진 후 집 안의 불빛들이 하나둘 꺼졌다.

　"신비는 성탄절을 잘 보내겠지?"

　1층 방 안에서 밥집 아저씨가 조심스레 묻는 소리가 들렸다.

　"그렇게…… 기도하고 있어요."

　그렇게 믿고 싶은 엄마의 작은 목소리가 뒤이어 따라왔다. 얼마나 시간이 흘렀을까? 나는 가만히 귀를 기울이면 눈이 내리는 소리를 들을 수 있는, 깊은 밤 한가운데 맨발로 서 있었다. 그래도 나는 하나도 춥지가 않다. 마치, 누군가 내 발을 감싸주고 손을 잡아주며 어깨에 모포를 둘러주고 있는 것처럼 아늑하기만 했다. 한동안 인기척이 없던 평온한 집의 한쪽 구석방에 불빛이 들어왔다. 나는 어느샌가 불 켜진 창문으로 다가갔다. 그리고 신비한 안개 속에 싸여 있는 엄마를 바라보았다. 엄마는 말하지 않았지만 나는 들을 수 있었고, 알 수 있었다. 나를 향한 엄마의 근심이 부활의 준비로 신비롭기만 한 밤을 슬프게 지새우게 한다는 것을. 잠 못 이루는 밤은 예고도 없이 외부의 평화와 내면의 슬픔을 적나라하게 드러내고 찾아와, 차가운 시선으로 엄마를 공격하고 엄마는 그 전쟁에서 승리하기 위해 오늘 새벽에도 하늘의 빛을 간구하는 것이다. 그 광채를 다시 회복하기 위해 우리 집으로의 귀향을 서두르는 것이다.

우리 딸 신비, 가슴에 십자가처럼 박힌 내 딸, 너무나 아파 이름도 부를 수 없는 우리 딸. 당신은 아시지요? 제 가슴을 파고들던 동화 같은 얼굴의 소녀를요. 꾸밈없는 믿음의 눈으로 나를 바라보던 소녀를요. 그 순전한 눈빛을요. 당신은 아시지요? 신비를 낳고 너무나 행복했던 들꽃 같은 여인을요. 그녀에게 완벽한 에덴동산이 생겼다는 것을요. 젖을 빨고, 하품을 하고, 옹알

거리는 소리와 몸짓에 여인은 행복한 꿈을 꾸었다는 것을요. 오래오래 행복하게 사는 동화를요.

그러데 저는 시간이 갈수록 신비와 상관없이 불안해 지기 시작했어요. 이 에덴동산을 훔쳐보는 누군가 저를 이곳에서 영원히 추방해 버릴 것 같은 두려움이 생겼어요. 제 아버지에게서 버림받은 것처럼 남편에게 버림받을까 봐 두려웠어요. 저는 제 상처를 극복하지 못하고 타락해 갔어요. 그러나 신비와 똑같은 눈빛을 가진 그가 나를 여전히 사랑한다고 말했어요. 그러나 남편의 고백을 비웃으며 그를 언제나 의심했어요. 어떻게 나 같은 여자를 사랑할 수 있는지 믿을 수 없었어요. 이 타락한 세상에 진실한 사랑과 용서가 있을 거라 믿지 않았어요. 바보처럼.

얼마나 남편에게로 돌아가고 싶었는지 몰라요. 그러나 저를 칭칭 감고 있는 상처와 죄책감이 해결되지 않는 한 우리의 고통은 악순환 될 뿐이라는 것을 영악한 저는 눈치 챘지요. 우리가 본질적으로 다르다는 것을 저는 결혼 전부터 알고 있었어요. 이성이란 베일로 가려진 그 안의 빛, 열정이란 가면을 쓴 제 안의 어두움.

저는 신비 아빠의 빛 안에서 변하고 싶었어요. 그러나 그 빛 앞에서 저의 어둠은 낱낱이 드러나고, 저는 세밀하게 드러나는 내 속의 어두움과 직면하는 것이 두려웠어요. 용기가 없었던 거예요.

　남편에게 저는 불같이 화를 내며 저항했어요. 그것은 조금도 요동하지 않고 괴로워할수록 교활하게 비웃으며, 내 안에 숨어 있는 이기심과 수치심, 두려움에 대한 절규였습니다. 우리의 행복한 에덴동산을 노려보고 선 사람은 다름 아닌, 저 자신이었습니다. 저를 지배하는 굴욕 덩어리, 그 상처를 녹이지도 깨버리지도 못했던 저는 바보랍니다.

　언제부터 신비 아빠의 빛을 제가 모두 빼앗을지 모른다는 두려운 예감이 들었어요. 그 악몽은 현실로 드러났지요. 그에게 웃음이 사라져 갔으니까요. 그때부터 저는 그 사람과 신비를 떠나야 한다고 생각했지요. 우리 모두를 위해서 말이죠. 말하기 좋은 변명일까요? 그 진실은 당신만이 아십니다. 그런데 우연히 저와 비슷한 사람을 알게 되었어요. 우리는 서로의 불안과 두려움을 이해할 수 있었어요. 그리고 서로 극복할 수 있다는 믿음이 생겼지요. 제 안의 절망은 결코 지옥 같은 저주도, 절벽 끝의 멸망도 아니라는 것을 그 안에서 느꼈어요.

　부끄럽고 수치스러운 고백이지요. 이런 배신과 갈등이 없었더라면 얼마나 더 큰 전쟁을 하고서야 당신의 집으로 돌아갈 수 있었을까요? 당신으로 인해 제 영혼은 회복 되었습니다. 그러나 정욕과 이기심으로 신비와 남편을 버린 죄책감에 날마다 당신

최선을 다해 사랑했어야
했습니다. 영원히 녹지 않을
커다란 눈송이가 가슴에
박히지 않도록 말입니다.
가슴에 십자가 같은 회한이
남지 않도록 말입니다.

심성 고운 마리아는 생명과도 같았던 아기를 잃고 정신을 놓아버렸다. 그러나 정열적인 내 엄마는 나를 떠난 후, 삶에 대한 애착이 더 강해졌다. 내 엄마는 자신의 인생의 목표를 전환할 줄 아는 용기가 있었고, 그것을 개척해 나갔다. 그리고 그것을 위해서 인생에 모험을 거는 대범함도 있었다. 마리아와 같기를 바랐던 내 어머니의 모성은 비장했다. 모성의 모양은 형체가 없었다. 그리고 정답도 없었다. 같은 행로도 없었다. 시행착오도 없었다. 모성은 모성일 뿐이었다. 안개 속에 쌓여 비애에 잠겨 있던 엄마에게 하나둘씩 빛이 다가왔다. 엄마 내면의 소망은 나와 아빠와 행복한 삶을 영위하는 것이었다. 그러나 영혼의 비밀스러운 탄식은 상처받은 영혼의 회복, 진정한 사랑에 대한 갈구였던 것이다. 그 문제가 해결되지 않는 한 현명한 아내도 좋은 엄마도 될 수 없다는 것을 내 엄마는 감지했고, 혹독한 겨울을 지내고, 전쟁을 치른 후에야 그것을 정확히 인식할 수 있었다. 하나님은 엄마가 영혼의 절실한 바람과 대면하고, 그것을 인정할 때까지 인내하셨다. 그리고 엄마의 선택을 기다리셨고, 그 선택을 존중해주셨다.

그러나 그 선택의 결과는 엄마의 몫으로 남겨졌다. 엄마가 말한 것처럼 정욕과 이기심이 빚어낸 결과에 대한 몫을 말이다. 아이러니하게도 엄마는 자신에 대한 갈등과 우리에 대한 배신 속에서 우리가 가야할 집으로 더 빨리 도착할 수 있었다.

# 다시 찾아온 이별

겨울이 거대한 침묵이 눈처럼 쌓이는 시골 마을에 북풍을 몰고 왔다. 마을은 눈에 덮이고, 들길은 인적이 드물었다. 높은 골짜기에서부터 흐르던 마을의 개울은 꽝꽝 얼어붙었고, 강은 둔치부터 차갑게 얼어갔다. 가까운 이웃들의 왕래가 줄어들고, 동네 꼬마들의 흔적도 사라졌다. 간간히 엄마를 찾는 두루미 울음소리가 들려왔다. 그 소리는 꼭 구애하는 날갯짓 같기도 했다. 째깍째깍 시계소리가 유난히 귀에 거슬리던 유난히 추운 아침이었다. 하늘은 회색빛을 띄고, 집안은 우울했다. 평소처럼 할머니의 설거지를 돕는 내 마음이 갑자기 조급해지기 시작한다. 꼭 해야 할 일을 잊어버린 사람처럼 말이다.

'무엇을 해야 하나?'

빙글빙글 꼬이기 시작하는 미로를 더듬거리며 찾고 있을 때, 손에서 미끄러진 접시가 바닥으로 떨어져 내리고 말았다.

‘쨍그랑’

바닥에 부딪히는 접시 소리에 정신이 번쩍 들었다. 다행히 접시는 깨지지 않았다. 안도의 숨을 내쉬고 있을 때, 조심스럽게 대문이 열리는 소리가 들렸다.

“저어, 계세요?”

익숙하고 친숙한 목소리다.

“누구세요?”

할머니가 살얼음이 언 부엌창문을 탕탕 치시며 힘겹게 문을 여셨다. 열린 창문으로 기다렸다는 듯이 차가운 바람이 들어와 나를 때린다.

“에구, 이장님 댁 큰손자네에. 추운데 어서 들어와라.”

태양이를 보신 할머니의 얼굴에 금세 화색이 도신다. 가슴에서 할머니 다듬이질 소리가 들린다. 막상 그날이 되고 보니 한동안 잊고 지낸 익숙한 감정들이 고개를 들기 시작했다. 집 안으로 들어온 태양이는 안방으로 할머니를 따라 들어갔다. 그리고 할머니께 정중하게 절을 올렸다.

“저어, 오늘 서울로 올라가게 되어서 인사드리러 왔어요.”

“에휴. 아쉬워라, 태양이네 형제들이 있어서 얼마나 좋았는데. 우리 신비도 그렇고.”

할머니는 말꼬리를 흐리며 문밖에 서 있는 내게로 고개를 돌리셨다.

"신비, 들어와 봐라. 그래도 둘이 곧잘 대화가 통했을 텐데. 태양이가 오늘 서울 간단다."

평소에 표정 관리가 잘되는 내 얼굴이 마음대로 움직여지지 않았다. 어떤 표정을 짓고, 어떤 말을 해야 할지 머릿속이 선명하게 표백되어 버렸다.

"오늘…… 가는 구나"

나는 아랫목으로 자리를 잡고 앉으며 말을 건넸다. 따뜻한 아랫목으로 들어와 앉으라고 말하고 싶었지만 입술이 움직여지지 않았다. 태양이가 먼저 입을 열었다.

"그동안 고마웠어, 너도 서울 오면 다시 만나자."

언젠가 다시 만나자는 형식적인 인사, 혹은 서울에 안 오면 다시는 안 만날 수도 있다는 뜻일까? 이런 상황이 되고 보니, 복잡하게 생각하는 내 습관이 또 다시 고개를 치켜든다.

"그래. 서울 가서 만날 수 있게 되면……."

나와 태양이는 한동안 말이 없이 바닥만 응시했다.

"너 내가 딱해 보였니?"

갑자기 생각지도 않은 말이 튀어나왔다. 자존심 강한 나의 입에서 이게 무슨 말인가! 태양이도 놀란 듯이 갑자기 고개를 번쩍 치켜들었다. 그리고 양손을 크게 휘젓고, 고개를 저어가며 더듬더듬 말하는 것이다.

"아니, 아니, 그럴 리가 있냐? 난 그저 잘해주고 싶었어."

"나한테?"

"응…… 실은 우리 엄마도 새엄마거든. 그러니까 우리 엄마는 사실은 내 동생들의 엄마인거지."

태양이가 머리를 긁적이며 멋쩍게 웃었다. 자기 얘기를 싱겁게도 풀어간다. 태양이답다.

어디선가 방 안으로 따스한 바람이 불어왔다. 우리들만이 아는 친숙한 공기가 우리를 감싸 안는 것이다.

"어…… 말하자면 동병상련. 이런 거네?"

갑자기 웃음이 나왔다. 태양이도 긁적이던 머리를 털며 같이 웃는다. 요구르트를 내오시던 할머니가 영문도 모르고 따라 웃으셨다. 그래, 웃자. 웃어버리자. 슬픈 오늘이 가면 행복한 내일이 오겠지. 내일도 슬프다면 낼 모레는 행복하겠지 하며 살자. 나는 태양이를 문밖까지 배웅한 후, 싸리비를 들어 마당에 쌓인 눈을 쓸기 시작했다. 추운데 빨리 들어오라는 할머니의 목소리가 안채에서부터 울렸다. 나는 눈을 쓸어 마당 한쪽으로 쌓아 놓았다. 그리고 더 차가운 바람이 불던 대문 밖으로 나갔다. 골목길과 지붕과 담들, 나무와 언덕이 모두 눈 속에 싸여 있었다. 밤새 소리 없이 내리더니 어마어마하게 큰 이불솜을 틀어 놓고 인사도 없이 사라져 버

나는 서울로 떠나는
태양이를 문 밖까지 배웅했습니
다. 그리고 숲 속의 호숫가와
숲 속 교회에서의 추억을
태양이에게 담아 보냅니다.
나도 언젠가 다시
돌아갈 그날을
기다립니다.

렸다. 골목 어귀에서 '스걱스걱' 눈 치우는 소리가 간간히 들렸다.

그때, 젖소 농장 방향에서 고급 승용차가 천천히 미끄러져 오는 모습이 내 시야에 들어왔다. 나뭇가지를 덮고 있던 눈송이가 한 움큼 떨어져 내렸다. 차마 보고 싶지 않았던 장면을 목격하게 되는 순간이었다. 나는 못 본 척하며 고개를 돌려 버렸다. 승용차는 내 옆으로 찬바람을 몰고 와, 흰 눈발을 차갑게 날리며 골목 모퉁이를 돌아갔다. 멈출까 말까 하는 조금의 망설임도 없이 말이다. 가슴에서 작은 산이 무너져 내린다. 크고 작은 바위 파편들이 가슴을 할퀴고, 방향이 틀어진 물줄기가 목구멍 위로 솟아올랐다. 나는 몸을 돌려 홀연히 사라진 차의 뒷모습을 쫓아서 뛰어갔다. 길모퉁이의 담벼락에 몸을 기대고 고개를 내밀어 떠나는 차의 뒷모습을 훔쳐보았다.

차창으로 뒤를 돌아보는 태양이의 얼굴이 흐릿하게 보였다. 태양이의 표정을 또렷이 볼 수는 없었지만 나는 알 수 있었다. 눈시울이 붉어진 태양이가 웃고 있다는 것을, 그 웃음 속에는 아주 특별한 소망이 담겨 있다는 것을 말이다.

# 별빛 아래 두 영혼

　영하 20도로 아래로 내려가는 강추위에 나는 꼼짝달싹 못하고 집안에 틀어박혀 있어야 했다. 계곡 위의 교회도, 엄마에 대한 환상도 마치 아주 오래전에 꾸었던 꿈의 한 조각처럼 떨어져 나가고 있었다. 요즘 왜 이렇게 무력하기만 한 건지 도통 모르겠다. 오늘 아빠가 오신다고 했다. 나는 난로에 솔방울 한바가지를 털어 넣고 유리문 밖을 멍하니 내다보았다. 대문 밖에서 왁자지껄한 소리가 들려왔다. 아빠다. 양손 한가득 무거운 봉지를 들고 까만 밤에 길을 찾는 달빛처럼 환한 미소를 지은 아빠가 할아버지 할머니와 들어오고 계셨다. 노인 회관 근처에서 우연히 마주치셨나 보다. 나는 맨발로 슬리퍼를 대충 신고는 아빠에게로 달려 나갔다. 아빠의 품을 파고드는 내 눈에 아빠의 카키색 오리털 잠바의 깃과 소매가 먹색의 때로 찌들어 있는 게 보였다.

　"아빠, 옷 좀 세탁해 입지."

"엥? 오랜만에 보는 아빠한테 세탁부터 하래네. 요 녀석이."

아빠가 가는 눈을 하고 흘겨보더니 옷을 이리저리 살폈다.

"뭐, 이 정도면 올 겨울마저 입고 세탁해도 될 것 같은데."

"아빠, 사람들이 마누라 없는 거 티낸다고 흉 봐."

부엌에서 할머니의 눈이 쓰윽 나오더니 나를 흘겨본다. 나는 그때 정말이지 못된 말버릇 좀 고쳐야 했다. 고등학생도 되었으니 말이다. 여름이면 빼놓고, 겨울이면 끼워 놓아 마루의 보온을 유지시키는 유리 미닫이문 밖으로 소복소복 눈이 내리고 있었다. 얼음 꽃이 핀 유리문 밖에서 날선 북풍이 유령처럼 떠돌았다. 내가 그리도 싫어하는 추위가 거지처럼 겨울밤을 헤매는 것이다. 유리문 안에서는 소박한 행복에 겨운 부녀의 이야기 보따리가 풀어지고 있었다. 서울과 울진과 양구의 이야기들이 끝도 없이 내릴 것 같은 눈처럼 말이다.

아빠가 무릎에 모포를 덮어 주었다. 그리고 여기는 한옥이라 체온이 빠져 나가지 않도록 잘 챙겨 입어야 한다며 도톰한 모 양말과, 두꺼운 내의를 건네주신다. 아빠는 아까처럼 맨발로 다니면 영영 여기서 살게 할 거라는 엄포를 놓으며 내 발을 따스한 손으로 만져 주셨다. 아빠가 난로에 솔방울을 한가득 집어 넣고 불을 쑤시며 불꽃을 키워 갔다. 불쏘시개가 난로 안으로 들어갈 때마다 탁탁 탁 불꽃 튀는 소리가 들려온다. 아빠가 호일에 쌓인 고구마를 장갑 낀 손으로 이리저리 뒤집어 놓는다. 아빠의 어깨는 내게 먹일 군고구마에 필사적으로 집착하고 있었다. 매일 아빠와 이렇게 살았으면 좋겠다고 얼마나 많은 시간 아빠를 그리워했는지, 그러면서 난 왜 이렇게 아빠의 뒷모습만 보면 서글퍼지는 것인지. 아빠는 언제나 그리움과 서글픔을 동시에 가져오는 이름이었다. 내게는 말이다. 내 태양, 내 기쁨, 내 슬픔, 그때까지 아빠는 그렇게 많은 이름들로 내게 꽃이 되어 있었다.

"우리 신비, 안 본 사이에 많이 큰 것 같다."

"컸겠지, 열여덟 살이 되가는데."

"키가 아니라…… 옛날엔 아빠 없음 못 살 것처럼 굴더니."

아빠가 눈과 코를 찡긋하며, 장난스러운 표정을 짓는다.

"너…… 남자친구 생겼지?"

아빠의 목소리에 결연함마저 느껴졌다. 마치 시집 보내기 싫은 딸을 보내기로 단단히 마음먹은 양 말이다.

"뭐어? 무슨 남자친구야?"

나는 눈을 동그랗게 뜨고 아빠의 어깨를 툭 밀쳤다. 아빠는 내 힘의 무게에 눌려 죽을 것 마냥 넘어지는 시늉을 한다. 어릴 때 나를 까르륵 웃게 만들었던 아빠만의 개그라고나 할까? 그러나 이제는 웃음이 나오지를 않으니 도대체 내가 얼마나 커버린 건가 싶다. 몸 개그가 통하지 않을 나이라는 것을 아빠는 일찌감치 알았어야 했다. 아빠는 웃기기를 체념한 양 일어나 앉아, 내 머리를 살짝 쥐어박는 척하더니 "아니면 말구." 한다. 그리고 얕은 숨을 내쉬더니 하늘을 바라보았다.

아빠가 하얗게 눈이 쏟아지는 하늘을 바라보며 마치 별들과, 눈들에게 고백하듯이 말을 한다.

"우리 딸, 대학도 가고, 남자친구도 만나고, 시집도 가야 하는데……."

'시집'이라는 말에 갑자기 싱겁게 웃고 있는 태양이의 얼굴이 떠올랐다. 이게 무슨 주책인가 싶다. 나는 도리질을 하며 머릿속에 떠오른 이미지를 밖으로 날려 버렸다.

어느새 내리던 눈이 그쳐 가고 검은 하늘 위로 맑은 별들이 하나둘씩 빛을 드러냈다.

아빠가, 갑자기 눈을 크게 뜨며, 하늘로 손가락을 가리킨다.

"신비야, 저 별들 좀 봐. 크게 빛나는 저기 저 별들 말이야."

"어디, 어디?"

"하나, 둘, 셋…… 어, 북두칠성이다. 그치?"

아빠가 유리문 가까이로 다가가 하늘을 자세히 살펴보더니, 나를 보며 꽃처럼 웃는다.

"와아, 오랜만에 본다. 신비야 이리와 봐"

나는 아빠의 어깨에 머리를 기대고 앉았다.

"양구에 오니까 이렇게 별들을 많이 볼 수 있구나. 그치?"

어릴 때, 별이 잘 보이는 겨울밤이면 아빠는 나를 담요로 칭칭 감아서는 베란다로 데리고 나와 별자리를 찾아 주곤 했었다. 별을 세던 그 밤에, 아빠는 나를 무릎 위에 앉혀 놓고 한껏 흥분한 목소리로 내가 알지도 못하는 별자리의 신화들을 들려 주었다. 별이 뜨면 아빠의 꿈은 살아났고, 별이 지면 아빠의 꿈도 졌다. 아빠는 하늘 가득 아빠의 꿈을 숨겨 놓고 가끔씩 펼쳐보며 언젠가는 이루어 질 꿈을 소년처럼 기대하고 있었던 것이다.

하얀 입김을 내뿜으며 보랏빛 하늘 가득 수놓인 별들을 노래하던 아빠를 볼 때, 나는 가끔 아빠가 이대로 하늘로 올라가 버리면 어쩌나 하는 두려운 생각이 들기도 했었다. 그럴 때면 나는 이불 아래로 손을 뻗어 아빠의 옷자락을 꽉 쥐곤 했다.

"북두칠성에서 가장 선명한 별을 '미자르'라고 하는데 실제로는 두 개의 별이 인접해 있어서 하나처럼 보이는 거야. 그래서 쌍성, 이중성이라고 부른다고 아빠가 얘기해 줬었지? 저 옆에 희미하게 보이는 동반성의 이름은 '알코르'인데 실제로는 큰곰자리의 꼬리 부분을 이어주고 있는 별이야. 사람들은 저 두 별을 '말과 기수' 로 부르기도 해. 페가수스와 페르시우스처럼……."

북두칠성의 가장 빛나는 별, 미자르를 가리키는 아빠의 얼굴은 베란다에서 하늘을 바라보던 홍조 띈 소년의 얼굴처럼 유난히 맑고 투명해 보였다. 별자리와 신화에 대한 동화를 쓰고 싶었다던 아빠의 꿈이 다시 살아나는 것만 같았다. 꿈은 찾지 않는다고 없어지는 것이 아니었다. 보이지 않는다고 사라지는 것이 아니었다. 삶의 무게에 그저 덮혀 있을 뿐이었다. 갑자기 아빠에게 환한 빛이 비쳐 왔다. 별들 사이에서 유독이 크고 아름답게 떠있는 달이 이상하게도 아빠만을 비추는 것이다.

달빛을 받은 아빠의 얼굴은 여전히 꿈꾸는 소년처럼 설레고 있었다. 나는 달에게로 시선을 옮겼다. 달 주변으로 구름이 서서히 이동해 가고 있었다. 목동을 따라 목초지로 가는 양들의 무리처럼 말이다. 나는 지금까지 노란 달빛이 수채물감처럼 번지던 그날, 그 밤하늘에 펼쳐진 별들의 무리가 환상인지 실제인지 아직도 확신이 서지 않는다. 달빛을 받으며 잔잔히 미소 짓던 아빠가 내게 말을 했다.

"아빠는 별 너머, 달 너머에 계신 하나님께 부탁하고 있어. 우리 딸 잘 되게 해달라고."

갑작스러운 하나님 얘기에 맑은 얼굴의 할아버지가 떠올랐다.

"아빠, 별 너머, 달 너머로 하나님이 계신다고 믿어?"

나는 손등에 턱을 괴고 아빠에게 더 가까이 다가갔다.

"신비야, 아빠가 별을 좋아하는 이유는……."

무대의 주인공, 별을 닮은 배우의 독백이 이어진다.

추운 겨울이 지나고
어느새 우리는 따스한
봄날을 기다립니다.
우리들의 사랑은
지난 기억을 웃으며
추억하라고 말합니다.
괜찮다고…… 이제는
괜찮다고 말입니다.

“아빠에게 별은 하나님의 그림자야. 하나님의 마음이 투영되어 있는 것 같아. 별은 낮에 보이지 않는다고 우리를 지켜보지 않는 게 아니거든. 언제나 변함없이 신비와 아빠 주위를 돌며 우리를 지켜주고 있는 거야.”

아빠가 고개를 돌려 나를 보았다. 하늘이 나를 내려다보듯이 말이다. 아빠의 눈망울에 이슬 같은 별이 담겨 있었다. 아빠는 연인을 보듯이 하늘을 바라보며 사랑을 고백한다.

“별의 사랑은 일방적인 짝사랑이지.”

아빠의 그 말은 이상하게도 초라하고 서글프게 들렸다. 옆에서 본 아빠의 얼굴에는 가끔씩 북쪽 하늘을 바라보던 할아버지처럼 그리움으로 가득 차 있었다. 어디선가 바람이 불어왔다. 나는 열세 살 소년이 되어 황홀한 밤하늘을 바라보는 아빠를 내 마음속 우주 안에서 끌어올렸다. 소년은 찰랑거리는 머릿결을 바람에 나부끼며 하늘과 맞닿은 언덕 위로 뛰어오르고 있었다. 시골 소년은 양팔을 넓게 벌리고, 얼굴을 하늘로 향하여 가을 저녁의 쾌적한 공기를 마음껏 들이마신다. 세상의 설움도 슬픔도 모르는 명랑한 시골 소년은 하늘과 대지의 품안에서 자유로이 뛰어다녔다. 소년의 쾌활한 웃음소리가 가을의 밤하늘로 상쾌하게 퍼져나갔다. 내 가슴 안에 가득 찬 소년의 해맑은 얼굴이 선명한 빛을 낸다. 그리고 하늘로 쏘아진 작은 별이 되어 밤하늘에 보석처럼 박혔다. 어디선가 보석에서 떨어진 물방울 소리가 또르르, 또르르 들려왔다.

"신비야, 잘은 모르지만 하나님은 아빠를…… 사랑하는 것 같아."

그 순간 아빠에게 빛들이 몰려왔다. 별들이 놀라고, 눈들이 놀라 빛을 내는 것도, 내리는 것도 멈추어버렸다. 아빠는 그때, 전쟁에 승리한 손으로 왕관을 벗어 하늘에 감사하는 왕처럼 보였다. 아니, 따가운 가시 면류관을 쓰고, 하늘에 저들의 용서를 구하는 예수님 처럼 보이기도 했다. 그날, 그 순간 세상은 숨을 멈췄고, 아빠와 아 빠 주위를 감싸고 있는 빛들만이 별들처럼 빛나고 있었다.

# 겨울의 끝자락


집배원 아저씨가 편지함에 편지 묶음을 꽂아두고, 오토바이와 함께 탈탈거리며 사라졌다. 통신 요금과 세금, 가스비 등의 청구서 사이로 하늘색 편지 봉투가 보였다. 고약한 계절과 어울리지 않는 편지다. 신선한 느낌을 주는 편지를 꺼내어 보니 받는 사람에 내 이름이 적혀 있었다. 뒷장을 돌려보니 보낸 사람이 태양이다.

나는 히죽히죽 웃음이 나왔다. 가끔 서울 친구들이랑 이메일로 안부를 주고받는 내게 편지는 참 신선했다. 시대를 잊고 사는 막내를 업은 태양이의 모습이 떠올라 자꾸만 웃음이 나왔다. 청구서 묶음을 부엌 식탁 위에 올려 놓고, 내 방으로 들어왔다. 나는 따뜻한 아랫목에 배를 깔고 엎드렸다. 그리고 하늘에는 구름이 떠 있고, 땅에는 여러 가지 색깔의 꽃들이 점점이 뿌려져 있는 편지 봉투의 사랑스러운 그림을 감상했다. 나는 편지봉투에 그려진 꽃들의 향기를 맡아 보았다. 빳빳한 종이에서 부드러운 향기가 전해오는 것 같다.

나는 편지의 모서리를 바닥에 세워 보기도 하고, 굴려 보기도 했다. 눈앞으로 가져와 웃기도 했다가 가슴에 끌어안기도 했다. 나는 가만히 누워 편지를 가슴에 안고 조용히 눈을 감았다. 감긴 눈앞에 하얗게 쏟아지는 억새밭의 영상이 펼쳐졌다. 흔들리는 억새밭 한가운데에 별처럼 빛을 내는 태양이가 서 있었다. 바람이 불었다. 대지는 온통 흰 물결로 춤을 추고, 태양이의 머리칼도 억새 잎이 되어 바람에 흩날렸다. 태양이가 부드러운 미소를 짓고 내게로 손을 내민다. 갑자기 바람이 거세졌다. 놀란 대지가 억새밭을 끌어안았다. 거칠게 몰아치는 폭풍 한가운데서 태양이는 여전히 여유롭게 웃으며 양팔을 더 넓게 펼쳤다. 바람이 몰아치는 태양이의 등 뒤로 어디선가 나타난 검보랏빛 그림자가 조용히 다가와 선다.

그가 위험하게 느껴지지 않는다. 그리고 낯설지가 않다. 검푸른 그림자의 모습이 분명하지는 않았지만 그에게 애잔한 미소가 감도는 것이 느껴졌다. 그리고 잠시 후, 그는 억새밭 너머로 땅거미가 지듯이 홀연히 사라지는 것이다. 희미한 그림자는 저녁노을처럼 그렇게 사라졌다. 나는 가위로 봉투 입구를 조심스럽게 잘랐다. 다른 부분이 긁히지 않도록 말이다. 그리고 옅은 하늘색에 구름과 햇님이 사이좋게 웃고 있는 그림이 그려진 편지지를 펼쳤다.

안녕, 신비야. 내가 서울에 온지도 한 달이 넘어가는 구나.

난 그동안 전학 갈 학교에도 가고, 영어 학원도 등록하고, 도서관에 가서 책도 읽고 나름대로 유익한 시간을 보내고 있다. 삼 년 만에 다시 온 서울은 이상하게 낯설다. 난 이곳에서 태어나고 자랐는데 말이야. 14년간 살아온 서울이 어색하고, 삼 년 동안 지낸 양구가 익숙한 이 체질은 도대체 무어냐? 산기슭만 올라가도 노루가 뛰노는 풍경을 볼 수 있는 양구가 너무나 그립다. 신비야.

내가 했던 말 기억하니? 나도 너처럼 친엄마와 살지 못했다고. 내가 기억하는 어린 시절은 온통 절망만 가득했어. 나는 누구에게도 보호 받지 못했으니까. 부모님의 다투는 소리 때문에 두려움에 떨면서 잠자리에 들은 날이 한두 번이 아니었어. 물건이 날아다니고 부서지고 깨지는 소리가 하도 무서워서 언제부턴가 나는 밤마다 동네의 놀이터를 찾아갔단다. 그저 조용하고 안전한 곳을 찾다가 그곳을 발견한 거야.

나는 우연히 그곳에서 천사 같은 누나를 만났어. 실제로 그녀는 천사였을지도 몰라. 확인할 방법은 없어. 여전히 미확인으로 남아있지. 내 영원한 숙제처럼, 나는 그녀에게서 엄마 같은 사랑을 받았어. 아니 그보다 더 강하고 진한 모성, 완전한 희생, 완전한 헌신을 느꼈어. 이 세상에서는 불가능해 보일 신의 사랑 같은 것 말이지.

나는 언제나 사랑에 목이 말랐어, 그래서 그 사랑을 들이키고 삼키며 허겁지겁 받아먹었어. 우리는 매일 매일 놀이터에서 만났어. 그녀가 밀어주는 그네를 타고, 함께 구름다리를 올라가고 놀이터 뒤의 낮은 동산을 뛰어 다녔어. 언덕 위에 나란히 앉아 보랏빛 하늘에 새겨진 별들을 보았고, 노래를 불렀어. 그녀가 준비해 온 도시락을 먹고, 보온병에 담긴 물을 받아 마시면서…… 그때 나는 거지처럼 보였을지도 몰라. 늘 허기가 졌거든. 그녀는 그렇게 누구의 보살핌도 없던 꽤재재한 나를 이 세상 그 누구보다 아껴주고 존중해 주었지. 이상하게 그녀와 보내는 시간이 많아질수록 그렇게 미워했던 부모님들에 대해 안타까운 마음이 들기 시작하는 거야. 안타까운 마음은 점차 사랑으로 바뀌어 가더구나. 그리고 허기도 사라져갔어. 내 엄청난 식욕은 사랑에 대한 갈급함이었어.

나는 그때, 내가 받은 사랑이 또 다른 사랑을 만들어 간다는 걸 알았어. 사랑은 신비롭게도 주면 줄수록 점점 더 넓어지고 커지며, 마침내 신의 마음으로 확장되어 간다는 걸 어렸지만 나는 경험했어. 불운이 행운으로 순식간에 바뀐다는 것도 알았지. 영원한 불행은 없어. 불행을 끊으려는 자신의 의지가 있는 한. 그런 생각이 빨라질수록 행운이 다가오는 시간도 빨라지겠지. 저마다 다른 사람들처럼 그 시기가 다를 뿐이야.

　신비야. 사실은 내가 그토록 원하던 소원은 이루어지지 않았어. 부모님의 화해가 결국 이루어지지 않았으니까. 나는 내 소원이 이루어지지 않은 이유를 너를 보면서 깨달아 가. 만일 내가 친부모님과 살았더라면 너를 이해하지 못했을지도 몰라. 나는 내 소원이 거절당한 이유에 대한 답변을 듣고 있는 중이야. 너를 통해서 말이지.

　신비야, 우리 아빠는 행운의 남자야. 새엄마는 아주 사랑이 많으신 분이거든. 새엄마의 사랑 때문에 아빠는 자상한 사람으로 회복될 수 있었어. 새엄마는 아빠의 단점까지도 극복하며 장점으로 변화시킬 줄 아는 사랑을 보여줬어, 아빠는 감동받았지. 그리고 전심을 다해 노력하는 모습을 보여주었어. 좋은 남편과 자상한 아빠로 말이야. 노력하는 시간들이 모여서 아빠가 정말로…… 정말로 변해 가더구나. 이제는 노력이 아니라 아빠가 그토록 원하던 이상적인 모습이 된 거야.

　모든 아픔들과 의혹들이 협력이 되어서 결과적으로 모두가 원하는 소망이 이루어지게 되었어. 나는 아빠를 통해 만남의 축복을 받고, 서로가 진실로 사랑하는 사람을 만나야 한다는 것을 깨달아. 음…… 이쯤에서 우리 친엄마 얘기를 하자면, 엄마도 새로 결혼을 하셨는데 그다지 행복하지 못하신 것 같아. 엄마는 이번에도 진실한 사랑을 못 만나신 듯이 보여. 안타까운 일이지

만 엄마에게는 더 많은 시간이 필요한가 봐. 난 그저 엄마를 사
랑해 드리는 수밖에 없어. 멀리서나마.

　참! 이제 본론으로 들어갈게. 너 요사이 우울해서 문 밖 출입
도 안 한다며? 서울까지 소문났더라. 게으른 널 위해 내가 선물
하나 준비해 왔다. 지금 창밖을 내다볼래?

　무언가에 홀린 듯 나도 모르게 창밖을 내다보았다. 나는 눈을 한
번 감았다가 다시 떴다. 그리고 눈에 힘을 주어 앞에 놓인 사람을
다시금 확인했다. 창백한 얼굴의 태양이가 서 있었다. 얼마나 오랫
동안 서 있었는지 푸르스름하게 변한 입술이 부르르 떨리고 있었
다. 그러나 그 입술은 여전히 특유의 서글서글한 미소를 짓고 있었
다. 난 급히 창문을 열었다.

　"너…… 어떻게 된 거야? 어떻게 온 거야?"

　"부모님께 허락받고 오늘 내려왔어."

　하얗게 내리는 눈 때문에 태양이의 흰 얼굴이 더 창백해 보였다.
난 급히 편지 봉투를 확인했다. 우표는 붙어 있었지만 우체국 소인
은 찍혀 있지 않았다. 이 녀석이 집배원 아저씨를 매수해서 또 장
난을 친 것이다.

　"너 언제까지 이곳에 있을 거야?"

　"나 없이도, 너 혼자 일어설 수 있을 때까지."

겨울의 끝에서 우리는 봄을
향해 걸어갑니다. 봄은 우리
에게 희망에 대해 말합니다.
엄마 품 같은 소망 안으로,
언젠가 돌아갈 본향으로
들어오라고 말입니다.

어느새 태양이의 얼굴에 싱거운 미소는 사라지고, 신비로울 정도로 자상한 미소가 번져 갔다. 그리고는 진짜 비밀, 그 감춰져 있던 은밀한 세계들에 대해 알려 주는 것이다. 갑자기, 태양이는 사라지고 태양이의 모습을 한 누군가가 서 있는 것 같았다. 아니 태양이의 실체가 드러나는 것 같기도 했다.

"신비야, 나도 그랬어. 처음에 누나의 사랑을 받고 난 정말 새로 태어난 것 같았어. 내가 누군가로부터 아주 특별한 사랑을 받고 있는 특별한 존재구나 하면서 말이야. 세상에서 나 혼자라고 느낄 때 절대적인 보호자가 나에 대해 다 알고 있다는 그 안위란 뭐라 표현할 수 없지. 그런데 그 누나가 떠나고, 홀로 남겨지게 되니 그동안 경험하고 사랑이라고 느꼈던 모든 것들, 모든 추억들이 꿈이 만들어낸 조작이고 환상일 뿐이라는 생각이 드는 거야. 마치 악마로부터 조롱당한 것처럼 말이지. 현실과 꿈과 환상을 혼동하면서 오히려 예전보다 더 방황하게 되었던 거야. 그런데 어느 날, 그토록 기다리던 누나가 꿈처럼 다시 내 앞에 나타났어. 난 그때 알았어. 내 영혼이 간절히 바라는 것은 반드시 이루어진다는 것을 말이야. 내 영혼의 소원이 조물주의 소원과 일치했기 때문인 거지. 그리고 천사 같은 누나는 우리가 왔고, 다시 가야 할 본향인 천국에 대한 얘기를 들려 주었어. 우리가 함께 했던 시간들, 사랑을 나누고 베풀던 바로 그 시간이 우리가 천국에 있었던 거라고 말이야. 천국은 우리들이 찾아 헤매는 것이 아니라, 우리 마음속에 생명처럼 살아서 움직이며 우리를 기다리고 있다고 말이지. 그것을 꺼내 놓을 용기만 있으면 된다고 말이야. 그곳을 찾는 유일한 방법은 사랑이라고 했어. 내가 사랑을 하고 눈물을 흘리는 곳마다 누나가 함께 있으니 그 곳에서 누나의 향기를 맡을 수 있을 거라고. 그러니 누나를 보고 싶으면 다른 사람을 사랑해 주면 된다고. 그리고 가슴으로 보고 느끼라고.  언젠가는 수건을 걷어낸 거울을 보는 것처럼 분명히 볼 수 있고, 다시 만질 수 있으니, 슬퍼하지 말고 용기를 내라고 말이야.”

나는 태양이의 말이 어렴풋이 이해되었다.

“무슨 말인지 이해는 해. 나 역시 아빠와 함께 살던 시간이 행복했어. 우리는 서로 의지하며 서로에게서 기쁨을 찾았으니까. 그러나 언뜻 언뜻 비치는 아빠의 뒷모습에서 한없는 외로움을 볼 때면 나는 내가 왜 태어났을까? 하는 자괴감마저 들었어. 그럴 때면 나는 숨을 쉴 수도 없을 만큼 괴로웠어. 천국은 대체 어디에서 찾아야 하니?”

나는 갑자기 혼란스러워지기 시작했다. 사랑을 받았다. 그리고 사랑도 했다. 그러나 천국은 아니었다. 짝사랑, 아빠의 꾸밈없는 헌신의 눈빛이 떠올랐다. 또 다른 짝사랑, 아빠와 똑같은 눈빛을 가진 아이가 허공을 바라보고 있었다.

"네가 누군가를 조건 없이 사랑할 때, 생명마저 내놓을 만한 사랑을 보여줄 때 그 헌신 속에 있어. 사랑은 우리 마음속 천국의 주인의 손을 잡는 거와 같아. 그때는 완전한 천국을 소유하는 거야. 그러면 그는 내가 만난 누나처럼, 우리 옆에 실존하게 되지. 세상에서 볼 수 없는 아름다운 것들을 보게 돼. 완전한 사랑과 기쁨을 눈으로 볼 수 있는 거야. 지난 가을에 네가 경험 했던 것처럼. 넌 천국에 대해 열려 있어, 네 눈을 보면 알아. 단지 용기가 부족할 뿐이야. 너는 보이지 않는 것을 믿을 수 있는 맑은 영혼을 소유했어. 넌 이미 준비되고 선택된 자야."

"난 준비한 적이 없어. 더구나 선택이라니?"

나는 반색하며 물었다.

"천국은 찾지 않는다고 없는 것이 아니야. 보이지 않는다고 사라진 것이 아니야. 네 영혼은 끊임없이 우리의 본향에 대해 목말랐어. 엄마에 대한 그리움처럼. 이제 때가 되었기 때문에 그곳을 볼 수 있는 마음의 문을 열게 된 거야."

그랬다. 나는 늘 목이 말랐고, 갈급했다. 마셔도, 마셔도 갈증이 채워지지 않았다. 그게 본향에 대한 갈급함이었을까?

"그러면 우리 같이 반쪽짜리 아이들은 천국에 대해 마음이 더 열려 있다는 거니?"

태양이의 눈시울이 붉어졌다. 그때, 태양이는 억지로 눈물을 삼

컸을 거다. 내게 강해 보이고 싶었을 것이다. 자기는 회복되었고, 이제는 용감하다고 말이다. 태양이는 천사 같은 누나가 떠올랐을 지도 모른다. 어쩌면 다 아문 상처의 자리가 콕콕 쑤셔왔을지도 모른다.

"맞아. 우리처럼 상처 속에 자란 아이들. 우리 같은 사람들에게 행운은 더 빨리 찾아 올 수 있어."

"그럼, 선택되어서 어떻게 하라는 거야?

목구멍으로 무언가 울컥 하고 넘어와, 그냥 삼켜버렸다. 이어지는 내 목소리가 떨렸다.

"우리처럼 선택받은 아이들을 찾아."

태양이의 목소리도 떨렸다. 태양이도 눈물을 삼켰나 보다.

"……대체, 어떻게?"

"네 영혼의 눈으로 보면 돼."

태양이가 한 발짝 다가와 낮은 목소리로 속삭이며 말했다. 그의 말에 나는 약간 오싹해졌다.

"사랑이 사라지는 시대가 왔어. 그러나 그 흐름을 멈추면 돼. 끊으면 돼. 고통과 절망 속에 있는 사람들 모두가 천국을 소유할 수 있도록. 그리고 그 일들은 세상으로 번져 나가야 해. 그들을 조건 없이 사랑해야 해. 헌신의 사랑을 보여줘. 이때를 위해서 너와 나는 선택받은 거야."

태양이의 시선이 잠시 허공을 맴돈다. 그러다가 다시 나를 보며 쑥스러운 얼굴로 말을 이었다.

"같이 해. 혼자는 외롭잖아. 외로운 건…… 우리 둘 다…… 끔찍이도 싫어하는 거니까."

태양이가 내게로 한 발짝 다가왔다. 태양이의 눈동자에 처음으로 불꽃이 일렁였다. 우리는 열려 있는 창문 하나를 사이에 두고 마주 보고 서 있었다. 열린 창문처럼 17년간 닫혀 있던 내 마음의 문이 열렸다. 태양이가 떠나고 난 후, 인내의 시간이 가져다준 축복이고, 기적이었다. 태양이와 내 얼굴로 눈꽃이 떨어졌다. 우리가 소리 없이 울고 있는 모습을 감춰주기에 충분할 만큼 말이다. 태양이가 다시 양구로 빛들을 몰고왔다. 허전하던 마음들이 다시금 뜨거운 무엇들로 채워지고 있었다.

# 태양의 눈물

아빠가 오래된 노트를 이리저리 뒤적이고 있었다. 내가 곁으로 다가가는 것도 모르고 아빠의 신경은 온통 노트에 집중되어 있었다. 아마도 그 노트에는 신화와 별들의 꿈을 꾸던 소년의 이야기로 가득 차 있을 것이다. 아빠가 볼펜을 꾹 눌러 노트에 무언가를 쓴다. 나는 조심스럽게 다가가 조용히 난로 뚜껑을 열어 솔방울 한 바가지를 털어 넣었다. 그리고 불쏘시개로 불꽃들을 키워 갔다. 나는 아빠의 목장갑을 끼고 호일에 싸여 구워진 고구마의 껍질을 벗겼다. 그리고 뜨거운 김이 올라오는 고구마를 아빠의 입가로 슬며시 갖다 대었다.

"아이쿠, 놀래라. 신비 언제 왔니?"

눈앞에 김이 모락모락 올라오는 고구마를 본 아빠가 깜짝 놀라며 고개를 든다.

"난로에 솔방울도 집어넣고, 고구마도 뒤집어 놓았는데."

“아이고, 우리 신비 다 컸네. 이제 시집가도 되겠다.”

아빠의 감동이 난로 연기를 타고 하늘까지 오른다. 나는 가만히 아빠의 어깨에 머리를 기댔다. 아빠가 고구마를 내 입으로 가져다 준다. 나는 한입을 베어 우물우물 씹으며 아빠에게 조용한 목소리 로 물었다.

“아빠, 다시 별들 얘기 쓰는 거야?”

아빠가 동그란 눈을 하고 나를 내려다 본다. 동그래진 아빠 눈이 수상한 빛을 띠고 나를 쳐다보았다.

“우리 딸 어떻게 알았어? 아빠 글 쓰는 거?”

나는 고개를 들고 토끼처럼 놀란 아빠의 얼굴을 할머니의 눈길 이 되어 바라보았다. 그리고 아빠의 볼에 붙은 고구마 껍질을 떼어 주며, 바닥으로 또르르 굴러 떨어진 볼펜을 주어 아빠의 손에 쥐어 주었다.

“아빠 딸인데 모를 리가 있나? 아빠랑 천 리나 떨어져 있어도 알 걸? 이런 걸 영적 교감이라고 하는 거지. 흠.”

나는 우쭐거리며 장난스럽게 웃었다. 나는 다시 아빠의 어깨에 기대어 얼음 꽃이 핀 유리문 밖의 하늘을 올려다보았다. 맑은 달빛 이 눈 덮인 마당 안을 동화처럼 비추고 있었다. 나는 별빛이 눈물 처럼 쏟아지던 날, 산 너머 아기 두루미의 울음이 들려오던 그 밤 에, 풀 향기로 가득 찼던 앞마당에서 마루에 걸터앉아 아빠를 기다리며 지어낸 우리들의 동화를, 끝나지 않은 우리의 얘기들을 가만 가만 꺼내 놓기 시작했다.

"아빠, 어떤 별에 꽃 한 송이가 살았대. 그 꽃은 드넓은 대지위에 서 마음껏 자라고 있었대. 당연했겠지. 대지가 그 꽃을 얼마나 사 랑했는데…… 대지는 꽃을 위해 자신의 몸속에 수분을 모아서 물 을 공급해 주고, 양분들을 끌어 모아 에너지를 공급해 주었대. 자 기의 몸을 희생하면서 말이지. 그리고 그 꽃에게는 태양이 언제나 따사로운 빛을 비춰주고 있었어. 대지가 초록 향기가 나는 품 안에 서 포근히 안아주고, 하늘에서는 태양이 한결같이 따스한 빛을 비 춰주며, 꽃은 대지와 태양의 사랑과 보호 속에 나날이 행복하게 살 았던 거야. 그런데 어느 날, 대지는 목이 마르기 시작했어. 따사롭 기만 한 햇빛이 지루하고 답답하게 느껴지기 시작했던 거지. 그렇 게 우울하게 지내던 어느 날, 처음 보는 먹구름이 그 대지를 지나 가게 되었어.

먹구름은 말라가는 대지를 보고 마음이 아파왔어. 그리고는 차 가운 빗방울들을 뿌리기 시작했지. 대지는 그제야 갈증이 해소되 기 시작했어. 자신에게 필요한 것이 무엇인지를 자각해 가는 거야. 대지는 생각에 잠기게 되었어. 이 꽃을 자기 목숨처럼 사랑하기는 하지만, 자신 안에 숨겨져 있던 문제들이 그 사랑보다 점점 더 커 져가고 있다는 것을 알게 되었던 거야. 자신에게 빗방울이 절실히 필요하다는 것을 인식하기 시작하자, 태양에 대한 믿음도, 꽃에 대한 사랑도 점점 변하기 시작하는 거지.

마냥 기분 좋은 태양은 대지의 작은 생각의 틈을 미처 눈치 채지 못했대. 그래서 그 작은 틈은 점점 더 커지게 되고, 급기야는 균열이 생기고, 땅은 갈라지게 되었어. 먹구름이 떠난 후, 자기 몸이 말할 수 없이 황폐해지자 대지는 빗방울들을 찾아 다른 별로의 이동을 결심했지. 젖과 꿀이 흐른다고 하는 별로 말이야. 태양은 말릴 수가 없었대. 대지가 진정으로 원하는 것이 무엇인지 깨닫지 못했던 자신을 탓하면서, 그냥 그 선택을 지켜보았어. 대지를 잃어버린 꽃은 너무나 슬펐어. 태어나서 처음으로 적막함이 무엇인지 느꼈던 거야. 꽃은 바람이 불면 흔들렸고, 틈만 나면 자신을 노리는 여우의 공격에 대항할 힘이 없었어. 자신의 뿌리를 단단히 지탱해주던 대지가 떠났으니 당연했겠지.

태양은 마음이 아팠어. 한결같이 이 여린 꽃을 향해 빛을 비추었지만, 대지가 해주는 일들을 해줄 수 없는 자신의 한계를 알고 있었으니까. 태양은 시간이 갈수록 더 가슴이 아파왔어. 꽃이 자신을 위해 웃고는 있었지만 나날이 시들어 가고 있다는 걸 눈치 챘거든. 그래서 남모르게 눈물을 흘렸어. 상상이 가? 이 우주에서 가장 강한 심장을 가지고 있는 태양이 눈물을 흘린다는 게?

가끔씩 꽃잎에 이슬 같은 방울이 맺혔지. 꽃은 태양의 눈물이라

는 것을 알고 있었어. 만약 대지가 떠나기 전에, 태양이 따스한 눈
물로 대지를 촉촉이 적셔 주었다면, 대지는 목말라 하지 않았을 거
야. 그리고 떠나지 않았을 지도 모르지. 미안해 아빠, 이런 얘길 해
서……. 암튼 아빠, 어느 날 꽃은 결심했어. 새로운 대지를 찾아 나
서야겠다고 말이야. 이렇게 시들어만 갈 수는 없다고 말이지. 자신
을 그토록 사랑하는 태양을 위해서도 말이야. 이제는 스스로 선택
할 시기가 왔음을 깨달은 거지.”

　아빠는 가만히 내 동화를 듣고 계셨다. 그러더니 나무 그을음에
때가 탄 목장갑을 낀 손으로 밤 껍질을 벗기기 시작했다. 하나, 둘,
셋, 넷…… 평소에는 내 입안으로 들어오던 밤들이 아빠 앞으로 소
복이 쌓여 갔다. 뽀얀 밤톨을 내 입에 넣어주는 것도 잊어버리고
말이다. 아빠는 밤톨들이 젖어가는 것도 모르고 묵묵히 밤 껍질을
벗겨갔다. 정적이 감도는 한밤중에 밤을 까는 소리와, 밤톨이 구르
는 소리만이 들려왔다. 아빠 주변에 어둠과 빛들이 공존하며 주위
를 맴돌았다. 그때 아빠는 빛이기도 했고, 어둠이기도 했다. 아마
도 아빠는 준비를 하고 있었을 것이다. 나를 떠나 보낼 준비를. 그
리고 아빠가 독립할 준비를 말이다.

　내게 아빠가 세상의 전부였듯이, 내 존재는 아빠의 살아가는 이
유였던 것이다. 아빠는 내가 아빠를 믿는 그 이상으로 나를 의지하
고 있었음을 나는 알고 있었다. 아빠가 아직 마르지 않은 눈으로

아빠,
어떤 별에 꽃 한 송이가 살았대.
그 꽃은 대지 위에서 마음껏 자라고
있었지. 대지는 꽃을 위해 자신의
몸속에 수분을 모아서 물을 공급해
주고 에너지를 공급해 주었지.
꽃은 영원히 행복할 것 같았어...
대지의 어머니와 태양의
아버지와 함께 말이지.

나를 바라보았다. 붉어진 눈시울이 잔잔하게 떨려왔다. 처음으로 아빠는 아주 가냘픈 모습을 내게 보였다. 그러나 나는 놀라지 않았다. 약하디 약한 아빠의 본체를 이미 보아 버렸기 때문이었다.

"우리 착한 딸…… 미안하고, 고맙고……."

아빠는 끝내 말을 잇지 못했다. 미안함과 서운함. 허탈함과 충만함. 극과 극의 감정들이 우주, 그 무한한 공간에서 만났다. 멀리 떨어져서 결코 만날 수 없을 것 같던 그들은 서로의 손을 잡아 고리를 맞추고 원을 만들며 우리 주변을 맴돌았다. 이성과 감성, 냉정과 열정, 비판과 회유, 갈등과 화해. 그들 사이에는 무엇이 존재하고 있었을까? 애초에 아무것도 없었던 것이 아니었을까? 그러기에 순식간에 그들은 하나가 되어 서로를 향해 연민의 미소를 짓고 있지 않았던가?

아빠와 나는 동시에 하늘을 올려다보았다. 기쁨이기도 했고, 슬픔이기도 했던 수많은 과거의 기억들이 별들이 되어 하나의 원을 만들기 시작했다. 그 순간, 그들은 모든 짐을 내려놓았기에 가벼이 춤을 추듯 새로운 세계로의 여행을 준비하는 것이다. 한두 송이 눈꽃이 내려왔다. 그 어느 때보다 높아 보이던 하늘에는 크고 선명한 별 하나가 신성한 빛을 반짝이고 있었다.

여기저기 겨울의 끝을 알리는 소식들이 흩날렸다. 겨우내 누렇

게 뜬 소나무 이파리들이 누이를 달래고 엄마를 어르며 시작되는
봄의 어깨를 감싸 안았다. 봄을 준비하는 숲 속 친구들의 조잘대는
소리가 멀리 계곡에서부터 들려왔다.

노을이 지던 그날에,
나는 아빠의 가슴속으로
익숙하게 파고들었습니다.
노을이 물드는 하늘 위에,
꽃처럼 웃는 엄마가 나를 보고 있습니다.
그리고 어디선가 엄마의 목소리가
들려옵니다. "신비야, 사랑한다.
언제나, 너를 사랑하고 있어."
엄마의 눈에서 별빛 같은 이슬이
떨어져 내립니다.

# 집으로 돌아가는 길

**초판 1쇄 발행일** 2011년 10월 24일

**지은이** 이병연
**그린이** 이병연
**펴낸이** 박영희
**편집** 이은혜·김미선·신지항
**책임편집** 김혜정
**인쇄·제본** AP프린팅
**펴낸곳** 도서출판 어문학사
　　　　132-891 서울특별시 도봉구 쌍문동 525-13
　　　　전화: 02-998-0094/편집부: 02-998-2267
　　　　홈페이지: www.amhbook.com
　　　　트위터: @with_amhbook
　　　　블로그: 네이버 http://blog.naver.com/amhbook
　　　　　　　　다음 http://blog.daum.net/amhbook
　　　　e-mail: am@amhbook.com
　　　　등록: 2004년 4월 6일 제7-276호

ISBN 978-89-6184-070-5  03810
**정가** 12,000원

이 도서의 국립중앙도서관 출판시도서목록(CIP)은 e-CIP홈
페이지(http://www.nl.go.kr/ecip)와 국가자료공동목록시스템
(http://www.nl.go.kr/kolisnet)에서 이용하실 수 있습니다.
(CIP제어번호: CIP2011004221)

※잘못 만들어진 책은 교환해 드립니다.